MEXIFY
Das Hotel im Nirgendwo

MEXIFY

DAS HOTEL IM NIRGENDWO

riva

Bibliografische Information der Deutschen Nationalbibliothek
Die Deutsche Nationalbibliothek verzeichnet diese Publikation in der Deutschen Nationalbibliografie. Detaillierte bibliografische Daten sind im Internet über http://dnb.d-nb.de abrufbar.

Für Fragen und Anregungen
info@rivaverlag.de

Originalausgabe
1. Auflage 2020

Nymphenburger Straße 86
D-80636 München
Tel.: 089 651285-0
Fax: 089 652096

Texte: Mexify, Josh Matthews
Redaktion: Mirka Uhrmacher
Umschlaggestaltung und Illustrationen: © Lian
Satz: Achim Münster, Overath
Druck: GGP Media GmbH, Pößneck
Printed in Germany

ISBN Print 978-3-96775-006-5
ISBN E-Book (PDF) 978-3-96775-010-2
ISBN E-Book (EPUB, Mobi) 978-3-96775-011-9

Weitere Informationen zum Verlag finden Sie unter

www.rivaverlag.de

Beachten Sie auch unsere weiteren Verlage unter www.m-vg.de

Für Simba und Nala

Die E-Mail

»Romantik-Urlaub? Das ist doch nicht euer Ernst?!«, ächzte Mexi unter seiner kuscheligen Bettdecke. Nur sein Dinosaurierschwanz schaute hervor. »Für so was wollt ihr meine kostbaren Sommerferien opfern?«

»Die Reise dauert doch nur fünf Tage«, beschwichtigte ihn seine Mutter, die für diese frühe Stunde eine verdächtig gute Laune hatte.

»*Nur* fünf Tage?«, protestierte Mexi. »Das ist fast eine ganze Woche!« Er hatte doch schon Pläne mit seinem besten Freund Furdis gemacht! »Waruuuuuum?«, rief er verzweifelt unter seiner Decke.

»Komm, das wird schön!«, trällerte seine Mutter schrecklich fröhlich. »Wie oft machen wir schon einen richtigen Familienurlaub mitten in der Natur!«

»Mitten im Nirgendwo, meinst du«, klagte Mexi. »Euer komisches Hotel hat bestimmt nicht mal Internet.«

»Doch!«, antwortete seine Mutter. »In der E-Mail steht, die haben sogar ISDN!«

»ISDN?« Mexi klang nicht sehr überzeugt. »Was soll'n das sein? Also ich finde, das klingt überhaupt nicht gut.«

Seine Mutter zog ihm die Bettdecke vom Gesicht. Der grüne Dinosaurier darunter blinzelte sie müde an.

»Hast du etwa wieder in diesem Ding geschlafen?«, fragte sie, als ob Mexi eine ganze Familienpackung Eis allein aufgegessen hätte. Mit dem »Ding« meinte sie Mexis flauschigen grünen Dino-Anzug mit den gelben Zacken auf dem Rücken.

Mexi wollte als Antwort dinosauriermäßig die Zähne fletschen und brüllen, aber aus seinem Mund drang nur ein langes, müdes Gähnen. »Warum tut ihr mir das aaaaaan?«

»Lies dir doch erst mal die Mail durch«, antwortete seine Mutter völlig ungerührt. »Ich hab sie extra ausgedruckt!« Sie schob ihm einen Zettel unter die Nase und ließ die Decke wieder über seinen Kopf fallen. »Du kommst da ganz bestimmt auch auf deine Kosten!«

Mexi überflog den Zettel unter seiner Decke. Obwohl er viel zu müde und es ziemlich dunkel war, fiel ihm sofort ein Wort ins Auge.

»Buttermassage?!«, rief Mexi schockiert. Er riss sich die Decke vom Kopf und saß kerzengerade im Bett. »Also mich massiert keiner mit Butter, damit das schon mal klar ist!« Er warf das Blatt Papier weg, als würde es in Flammen stehen.

»Also ich liebe Butter!«, rief sein Vater begeistert aus dem Flur, als hätte er gerade das Gummibärchen erfunden. Er steckte seinen Kopf durch die Tür. »Und Urlaub liebe ich auch!«

Mexis Mutter strahlte. »Besonders, wenn es ein so günstiger Urlaub ist! Das Angebot im Internet war wirklich unschlagbar.«

»Im Internet?«, fragte Mexi. »Bist du wieder auf irgendeine Werbung reingefallen?«

Auch sein Vater kratzte sich jetzt nachdenklich am Kopf. »Hast du das überprüft, Liebes? Nachher stellt sich dieses Angebot noch als Betrug heraus. Oder als Fehler.«

»Das sag ich ja«, murmelte Mexi in seine Kissen hinein. »Das ist alles ein groooßer Fehler.«

»So wie damals, als du das Auto gewonnen hast ...«, erinnerte sich Mexis Vater und verschwand kichernd wieder im Flur.

»Also, das war aber auch absichtlich so fotografiert worden, dass man nicht erkennen konnte, dass es eigentlich nur ein Spielzeug ist!«, rief ihm Mexis Mutter kopfschüttelnd hinterher. Ihr Dutt wackelte dabei beleidigt von rechts nach links.

»Oder als dir dieser indische Prinz angeblich eine Million Dollar in Gold vererben wollte«, ergänzte Mexi. »Das war auch so eine E-Mail.«

»Der Prinz hat mir eine sehr freundliche E-Mail geschrieben«, protestierte seine Mutter. »Außerdem ist das hier etwas ganz anderes!«

Im Stockwerk über ihnen rumpelte es bedrohlich. Das asthmatische Ächzen war unverkennbar. Mexis Vater holte die schweren Reisekoffer vom Dachboden.

HATSCHIIII! HATSCHUUUU! RUMMS!

Die schweren, *staubigen* Reisekoffer.

»Alles in Ordnung?«, rief Mexis Mama sorgenvoll.

»Ja, alles okay«, kam es schniefend vom Dachboden. »Das ist nur meine Stauballer..., Stauballer...allerTSCHI!«, schallte es durch den Flur.

»Gesundheit, Schnuffel«, rief Mexis Mutter.

»Danke, mein Schatzi«, keuchte Mexis Vater.

Schnuffel? Schatzi? Musste das sein? Und dann noch *so* früh am Morgen! Mexi zog sich die Kapuze seines Onesies weit übers Gesicht. Es war bestimmt gerade erst 8:00 Uhr!

Das Handy von Mexis Mama vibrierte in ihrer Hosentasche. Sie nahm es heraus und drückte darauf herum.

»Ha!«, rief sie. »Ich sag's ja! Das war kein Fehler! Unsere Reise für morgen wurde gerade von der Pension bestätigt!«

Mexi seufzte quietschend. »Och neeeeee. Könnt ihr nicht einfach ohne mich fahren?«

»Kommt gar nicht infrage. Es ist höchste Zeit, dass du mal wieder rauskommst!«

»Raus?«, fragte Mexi unschuldig. »Du meinst unter der Decke raus?«

»Nein, richtig raus«, antwortete seine Mutter.

»Aus dem Zimmer raus?«, fragte Mexi. »Ich war gestern dreimal in der Küche.«

»Nein, raus-raus«, lachte seine Mutter und zog Mexi die Bettdecke weg. Er versuchte sich zu wehren, aber er war viel zu müde und zu langsam. Hilflos tastete er nach der Decke, doch er bekam nur das Blatt Papier zu fassen, das seine Mutter ihm untergeschoben hatte. Er blinzelte den Zettel verschlafen an.

»Ich kann das gar nicht lesen«, spielte Mexi besorgt und ließ den Zettel wieder fallen. »Irgendetwas stimmt nicht mit mir! Wahrscheinlich bin ich krank und kann gar nicht verreisen!«

»Kein Wunder, dass du nichts sehen kannst«, seufzte seine Mutter und deutete auf sein Fenster mit der geschlossenen Jalousie. »Du lebst hier wie in einer Fledermaushöhle.«

»Dinohöhle«, murmelte Mexi.

»Sehr lustig«, sagte seine Mutter und stolperte auf dem Weg zum Fenster fast über ein paar leere Wasserflaschen. Dann zog sie die Jalousie hoch.

Die Strahlen der Morgensonne stürmten wie ein schrecklich gut gelauntes Einsatzkommando der Polizei in Mexis chaotisches Zimmer. Er ächzte und stöhnte wie ein Vampir beim Sonnenbaden und vergrub sein Gesicht zwischen Kissen und Kuscheltieren.

»Lies doch erst mal in Ruhe die Mail!«, befahl seine Mutter.

Mexi grummelte, griff nach dem Zettel und kniff die Augen zusammen. Dann öffnete er sie vorsichtig. Er blickte auf den viel zu hellen Zettel in seiner Hand und blinzelte wieder. Die verschwommenen Formen auf dem Papier begannen sich zu Buchstaben und Worten zusammenzusetzen:

Betreff: Romantik-Pension »Zum Hexenwalder Tal«

Hiermit bestätigen wir Ihre Buchung für einen romantischen Wellness-Kurzurlaub mit Vollpension! Lassen Sie bei einer zarten Buttermassage die Seele baumeln, entspannen Sie Ihre müden Glieder in unserem sprudelnden Salzwasserbecken mit feinen Gewürzen und erfreuen sich abends an unseren berühmten Hexenwalder Nussecken und sagenhaft zartem Wildschweinbraten mit Preiselbeersoße. Für Ihr körperliches Wohl ist gesorgt! Im Rahmen Ihres Aufenthalts im schönen Hexenwald erwartet Sie der »Große Kaiserschmaus«, bei dem SIE ganz im Mittelpunkt stehen. Wir freuen uns auf Ihren Besuch.

Zimmerbuchung: 1 Doppelzimmer, 1 Einzelzimmer
Ausstattung: Etagen-Dusche/WC

PS: Wir haben ISDN!

»Au Backe. Hexenwald? Das klingt voll unheimlich!«, maulte Mexi.

»Die Luft hier drinnen ist genauso muffig wie deine Laune«, sagte seine Mutter und klappte zu allem Überfluss auch noch das Fenster auf.

Ein frischer Windstoß ließ Mexi erschaudern. Panisch griff er nach seiner Bettdecke und wickelte sich wieder ein.

»Simbaaaaa, Nalaaaaaa!«, rief er.

Acht Pfötchen tapsten und rutschten und klapperten durch den Hausflur. Kurz darauf bogen zwei kleine, mopsige Gestalten mit jeweils vier Beinen, zwei schwarzen Kulleraugen und einem Stummelschwänzchen in sein Zimmer ein. Es waren Mexis Hunde Simba und Nala. Simba war etwas größer als Nala, hatte helles Fell und eine dunkle Schnauze sowie dunkle Öhrchen. Nala hingegen war ein noch ganz junges Mopsmädchen mit dunklem Fell, hellen Beinchen und zwei hellen Flecken über den Augen. Japsend und schnaufend bahnten sich die beiden ihren Weg um Mexis Turnschuhe, seinen Rucksack und einige Actionfiguren, schnüffelten dann kurz an einer einsamen alten Socke, sprangen schließlich zu Mexi aufs Bett und machten es sich neben ihm bequem.

»Simba, Nala.« Mexi zog die beiden Hunde an sich und seufzte. »Wärmt mich. Wir Dinos sind doch Kaltblüter. Kein Wunder, dass wir dauernd aussterben, bei so viel frischer Luft!«

Mexis Mutter schüttelte den Kopf. »Es ist Sommer, Mexi. Draußen sind jetzt schon 24 Grad.«

Mexi breitete die Bettdecke, die über seinen Schultern lag, über die beiden Hunde aus. »Wenigstens ihr versteht mich noch, oder?«

Nala schaute zu ihm hoch und hechelte ihn treu an. Simba war bereits eingepennt. *Du weises Tier*, dachte Mexi und streichelte ihn an seinem speckigen Nacken.

Mexis Vater hatte es mittlerweile geschafft, die Koffer vom Dachboden in den unteren Flur zu befördern. »Wir können packen!«, rief er.

»Wunderbar, mein Lieber!«, antwortete Mexis Mama voller Vorfreude. »Ich komme gleich!«

Durch das Gerufe geweckt sprang Simba erschrocken auf, bellte einmal hustend und leckte sich an einer Stelle, die hier nicht näher ausgeführt werden soll.

»Aber das geht nicht!«, protestierte Mexi. »Furdis und ich haben schon Pläne!«

Seine Mutter zog die linke Augenbraue hoch. »Du meinst, ihr wollt die ganze Nacht lang Computerspiele spielen wie in den gesamten letzten Wochen auch?«

Mexi nickte ernst. Endlich verstanden seine Eltern ihn.

»Also das könnte ihr doch wirklich auch noch nach dem Urlaub machen«, sagte seine Mutter.

»Aber dann ist das Live-Event vorbei!«, jammerte Mexi. »Wir haben wochenlang für die neue Season trainiert!«

»Dann nimm doch einfach meinen Laptop mit«, schlug sein Vater vom Flur aus vor.

»Der ist doch viel zu langsam!«, klagte Mexi. »Der braucht doch schon zehn Minuten, um überhaupt hochzufahren.« Er verschränkte die Arme und blickte finster drein. »Wenn ihr mich mitnehmt, obwohl ich nicht will, dann ist das eine Entführung!«

»Wir sind deine Eltern«, trällerte seine Mutter gut gelaunt. »Wir können dich entführen, wann und wohin wir wollen.«

»Da hat sie recht«, sagte sein Vater scherzhaft. »Du gehörst uns, Baby-Dino!«

»Aber …« Mexi fehlten die Worte.

»Widerstand ist zwecklos! Pack deine Sachen«, rief Mexis Vater. »Morgen früh um sechs geht's los! Sieben Stunden Fahrt, und dann wird so richtig entspannt!«

»Buttermassage, wir kommen!«, stimmte Mexis Mutter begeistert zu, machte kehrt und verschwand aus dem Zimmer. Die Tür zog sie bis auf einen Spaltbreit hinter sich zu.

»Och neeeeeeeee!« Mexi ließ sich zurück aufs Bett fallen. »Ach, Simba. Ach, Nala«, seufzte er. »Wenigstens ihr zwei haltet noch zu mir, oder?«

Im gleichen Moment hüpften die beiden Hunde vom Bett, liefen zur Tür und pressten sich wie zwei unheimlich niedliche Leberwürste hintereinander durch den Türspalt.

Mexi schaute ihnen kopfschüttelnd hinterher. »Ihr kleinen Verräter«, murmelte er und ließ den Kopf wieder auf die Kissen sinken. Ungläubig starrte er eine Weile an seine Zimmerdecke, ehe er sich wohl oder übel aufraffen musste.

Nachdem er sich vom Bett gewälzt und zum Fenster geschleppt hatte, um es wieder zu schließen und die Jalousie herunterzulassen, schlich er kraftlos durch das Dämmerlicht zu seinem Schreibtisch. Sein Dino-Schwanz schleifte traurig hinter ihm her und ließ die Wasserflaschen klappern, die überall auf dem Boden verstreut lagen. Mexi setzte sich auf seinen Schreibtischstuhl vor den extrabreiten Gaming-Monitor, lehnte seine Stirn gegen die Tischplatte und seufzte. Er stupste seine Maus an. Mit einem sanften Surren erwachte sein Computer aus dem Stand-by zum Leben, und der Bildschirm flackerte hell auf. Mit letzter Kraft schob Mexi seine Maus hin und her. Zwei Klicks später ertönte erst ein vertrauter Sound, dann erschien ein Videochat-Fenster.

Sein Freund Furdis blinzelte ihn besorgt an. »Mexi, alles gut bei dir?«

Mexi schaute traurig unter seiner Dino-Kapuze hervor. »Ach, Fufu!«, seufzte er. »Wir haben ein Problem!«

Und so nahm die ganze, seltsame Geschichte ihren Lauf.

Die Fahrt ins Ungewisse

Fröhlich schien die Morgensonne auf das Auto von Mexis Familie. Eine große Biene summte vor dem Autofenster hin und her und stieß ein paarmal brummend gegen die Scheibe, ehe sie die Richtung änderte. Wehmütig sah Mexi das Insekt davonfliegen. Wie neidisch er war! Die Biene flog frei durch die Gegend, während er in dieser jetzt schon brütend heißen Kiste hockte.

Mexi war langweilig. Sterbenslangweilig. Mit hängendem Dino-Kopf drückte er auf den Knöpfen seiner dudelnden Spielekonsole herum. Wenigstens hatte er daran gedacht, den Akku vorher noch mal aufzuladen. Allerdings brauchten alle Spiele, die er wirklich mochte, eine Internetverbindung. Daher blieb ihm nichts anderes übrig, als mit dem schnurrbärtigen Klempner durch eine öde Lava-Welt zu hüpfen, runterzufallen und wieder neu anzufangen. Lava-Welten waren das Letzte bei Spielen. Seufzend schaltete er die Konsole aus.

»Sind wir bald da?«, rief er von der Rückbank.

Seine Mutter drehte sich auf dem Beifahrersitz zu ihm um. »Sei nicht albern, Mexi. Wir sind doch noch nicht mal losgefahren!«

»Och mennooo!« Mexi blickte genervt auf die Einfahrt des Hauses. »Wieso dauert das so lange?«, jammerte er.

»Wir wären ja schon längst unterwegs«, erwiderte seine Mutter. »Aber dein Papa besteht darauf, das Gepäck allein im Auto zu verstauen.«

»Mein Arzt sagte, ich muss dringend ein paar Kilos abnehmen, Schatz«, erklang die Stimme von Mexis Vater aus Richtung des Kofferraums. Ächzend quetschte er eine große Sporttasche voll flauschiger Saunahandtücher in den Gepäckhaufen, der schon gefährlich über die Rückbank quoll.

»Aua!«, rief Mexi, der sich seinen Kopf an einer überstehenden Kühltasche gestoßen hatte. »Pass doch auf, Papa!«

»Entschuldigung!«, rief dieser abgekämpft. »Aber für die Buttermassagen packe ich lieber mal ein paar Handtücher mehr ein. Das klingt, als ob das eine ganz schön schmierige Angelegenheit wird.« Einen Moment später steckte er seinen Kopf durch die Fahrertür und wischte sich lachend den Schweiß von der Stirn. »So ... das war die letzte Tasche. Jetzt schau ich noch schnell nach, ob alle Fenster zu und der Herd und die Heizungen aus sind.«

»Danke, Liebling«, säuselte Mexis Mutter und betrachtete dabei ihre neue Sonnenbrille im Rückspiegel.

Mexis Vater joggte beschwingt über den frisch gemähten Rasen zurück zum Haus. So glücklich hatte Mexi seine Eltern lange nicht mehr erlebt. Seit sie den Urlaub in der Pension »Zum Hexenwalder Tal« gebucht hatten, waren sie so aufgeregt wie Simba und Nala kurz vor ihrer morgendlichen Gassi-Runde.

Mexi konnte einfach nicht fassen, wie viel Gepäck Erwachsene für ein paar Tage Urlaub benötigten. Er selbst hatte alles Wichtige in seinen Rucksack mit dem Löwen-Anhänger gestopft, der neben ihm, dem dösenden Simba und der müden Nala auf der Rückbank lag.

»Mir ist jetzt schon langweilig, Mama«, quengelte Mexi. »Wie soll ich denn diese ewig lange Fahrt überleben?«

»Die paar Stunden wirst du schon schaffen«, sagte seine Mutter. »Schau lieber mal nach, ob du *wirklich* alles eingepackt hast.«

Grummelnd legte Mexi seine Konsole zur Seite und öffnete den Reißverschluss seines Rucksacks. Sie fragte ihn das heute schon zum dritten Mal! Demonstrativ zerrte er alles, was sich im Rucksack befand, wieder hervor, damit sie endlich davon überzeugt war, dass nichts fehlte.

»Also, schauen wir mal …«, begann er. »Papas lahmer Laptop in der zerrissenen Ledertasche, drei Tafeln Schokolade, meine treue T-Rex-Zahnbürste, Games für die Konsole, mehr Games, noch mehr Games, Notfall-Kekse, Klamotten, Socken und natürlich Simbas und Nalas orangefarbener Ball sowie ihre Futternäpfe.«

Seine Mutter riss schockiert die Augen auf. »Du hast die vollgesabberten Futternäpfe zu deiner Kleidung gepackt?!«

Mexi lächelte sie beruhigend an. »Ich habe sie vorher einmal mit meinem Dino-Schwanz abgewischt.«

Die Antwort schien seine Mutter nicht zufriedenzustellen, doch Mexi hatte im Moment wichtigere Probleme. Es fehlte doch etwas! Panisch durchwühlte er seinen Rucksack. »Wo ist denn Barry?«, rief er besorgt. »Mamaaa, ohne meinen Lieblingskuschelbären fahre ich nicht los!«

»Keine Sorge!«, sagte sein Vater, der wieder beim Auto angekommen war. Keuchend stieg er ein und reichte Mexi den weißen Stoffbären. »Hier ist Barry. Jetzt musst du mir nur noch erklären, warum ich deinen Bären im Kühlschrank gefunden habe?«

Mexi schlug sich mit der flachen Hand gegen die Stirn. »Ach, *da* habe ich ihn vergessen! Ich muss ihn gestern statt der Milch zurück in den Kühlschrank gestellt haben.«

»Das bedeutet, dass du wieder direkt aus der Packung getrunken hast, statt dir ein Glas zu nehmen?«, bohrte seine Mutter nach. »Und die angebrochene Milchpackung jetzt noch bei dir auf dem Schreibtisch steht? Mitten im Sommer?«

»Nee«, grinste Mexi. »Ich habe sie natürlich ausgetrunken. Glaube ich …«

Mexis Eltern warfen sich einen typischen Elternblick zu, ehe sich sein Vater umdrehte und demonstrativ mit den Fingerknöcheln knackte. »So!«, sagte er entschlossen. »Seid ihr bereit für die totale Entspannung?«

»Hexenwald, wir kommen!«, rief seine Mutter begeistert.

Mexis Vater drehte den Zündschlüssel im Schloss. Der alte Familien-Kombi ächzte und hustete wie ein fetter Wal auf Rädern. Kurz hatte Mexi die Hoffnung, dass der Wagen wegen des vielen Gepäcks den Geist aufgeben würde und sie zu Hause bleiben müssten, aber dann setzte sich das Auto schließlich doch tuckernd in Bewegung und bog aus der Ausfahrt in die Straße ein.

Simba und Nala waren sofort wieder hellwach. Sie kletterten auf Mexi herum, bis er die Scheibe herunterkurbelte. Zusammen mit den beiden Möpsen steckte er seinen grünen Flauschkopf aus dem Fenster und schaute zum Haus zurück. Schweren Herzens verabschiedete er sich gedanklich von seinen kostbaren Ferientagen und dem unbeschwerten Zocken mit Furdis.

»HILFEEEE«, rief er einem weißbärtigen Mann auf dem Gehsteig zu, der seine Jacke wie ein Cape über die Schultern gelegt hatte. »Rette mich, Super-Opi! Ich werde von meinen Eltern in den Hexenwald entführt!«

»Lass unseren Nachbarn in Ruhe, Mexi!«, ermahnte ihn seine Mutter nervös. »Sonst ruft er wieder die Polizei.«

Kurze Zeit später hatten sie die Stadt hinter sich gelassen und waren auf der Autobahn unterwegs. Mexis Vater war nicht der beste Autofahrer, und so schlingerte der Wagen immer ein wenig hin und her. An Zocken war bei dem Geschaukel gar nicht zu denken. Der arme Mexi hatte daher keine andere Wahl, als müde aus dem Fenster zu sehen und die Landschaft wie einen trägen Fluss an sich vorbeifließen zu lassen. Dicke Wolken hingen flauschig wie Zuckerwatte am blauen Sommerhimmel und zogen wie eine Herde luftiger Schafe über sie hinweg.

Schafe, dachte Mexi. *Total öde.* Also verwandelte er sie in seinen Gedanken in eine Horde Spieler, die sich mit Holztürmen und Steinmauern gegen heranstürmende Monster aus allen Videospielen verteidigten, die ihm einfielen.

»Schon besser«, flüsterte er.

»Was hast du gesagt?«, fragte seine Mutter und schaute Mexi im Rückspiegel an.

»Ach, nichts.« Mexi ließ sich seufzend in den Sitz zurückfallen. Simba und Nala balgten sich um einen Platz auf seinem Schoß. Er hob sie beide auf seine Beine und kraulte ihnen das Fell, bis sie eingeschlafen waren. Es dauerte nicht lange, bis auch Mexi wegdöste ...

RUMPEL RUMMS!

Mexi schnellte aus dem Schlaf hoch und starrte erschrocken aus dem Fenster. Wo waren sie denn jetzt?! Statt der Autobahn sah er nun eine abgelegene Landstraße, die sich durch eine hügelige Landschaft voller Felder, Bäume und Dörfer schlängelte.

Bäh! Mexi mochte es gar nicht, im Auto einzuschlafen. Seine Zunge fühlte sich an wie eine alte Socke. Er schnappte sich die Wasserflasche aus der Sitztasche vor sich und nahm einen Schluck. Als er sicher war, dass seine Eltern nicht hinsahen, ließ er Simba und Nala einmal kurz an der Flasche nuckeln. Dann schaute er wieder aus dem Fenster.

Die Siedlungen wurden immer kleiner und spärlicher, bis sie nach einer Weile ganz verschwanden und die Welt nur noch aus gelben Feldern und Nadelwäldern zu bestehen schien. Mexis Mutter kurbelte das Fenster runter. Der Duft von Rapsblüten, Fichten und Kiefern wurde ins Innere des Wagens geweht.

»Hach! Das erinnert mich an meine Kindheit auf dem Land«, sagte sie heiter. »Sieh mal, Mexi! Da sind Rehe!«

Zur Antwort bekam sie nur ein lautes Schmatzen und Knuspern von der Rückbank.

Mit einem genervten Gesichtsausdruck drehte sie sich zu ihrem Sohn um. »Sag mal, hast du nicht gemeint, das wären Notfall-Kekse?«

»Ift fja auch ein Notfall, Mama«, antwortete Mexi schmatzend und kaute dinomäßig laut und mit offenem Mund. »Ein exftremer Langeweile-Notfall. Hier ift ja die totale Einöde!«

»Aber lass die Hunde wenigstens nicht an die Kekse«, sagte seine Mutter kopfschüttelnd. »Sonst wird ihnen schlecht, und ich will nicht, dass sie sich während der Fahrt übergeben müssen. Schwitzt du unter deinem Kostüm eigentlich nicht?«

Mexi verschränkte trotzig die Arme vor der Brust. »Es ist ein Onesie. Und nein, mir geht's gut.« In Wirklichkeit war ihm ziemlich warm, aber immerhin war es auch Sommer.

Mexis Mutter warf ihrem Mann einen vorwurfsvollen Blick zu. »Das muss er von *deiner* Seite der Familie haben.«

»Kann sein«, sagte sein Vater, ohne den Blick von der Straße zu nehmen. »Mein Onkel Francis glaubte, er wäre in einem früheren Leben eine Gans gewesen. Darum hat er uns nie zu Weihnachten besucht.«

Mexi war egal, was seine Eltern über den Dino-Onesie dachten. Oder ob die Trottel in der Schule ihn wegen seines Anzugs auslachten. Er liebte seinen Onesie. Wenn er als Dino unterwegs war, machte ihm alles viel mehr Spaß. Und wenn man Spaß hatte, lief alles im Leben wie geschmiert.

Na ja, außer diesem Ausflug. Mexi stopfte sich den letzten Keks in den Mund und dachte wehmütig an seine Online-Freunde. Denen war es egal, wie er aussah oder wie er sich anzog. Sie mochten ihn einfach, wie er war. Mit ihnen konnte er zusammen zocken und dabei über alles quatschen.

Quatschen ... stimmt ja! Mexi sollte Furdis wenigstens noch ein Status-Update schicken. Er nahm sein Handy raus und schaute aufs Display. Oh nein! Das Netz war fast weg. Mexi drückte auf das Aufnahme-Icon in seiner Chat-App, um Furdis schnell noch eine Sprachnachricht zu schicken, bevor die Verbindung ganz abriss.

»Mexi an Fufu. Mexi an Fufu«, sagte er mit absichtlich vernuschelter Stimme. »Ich ... ich habe nicht viel Zeit. Meine Verbindung ... wird immer schwächer. Ich befinde mich in unbekanntem Gebiet. Mit jedem Meter, den wir ins Ödland vordringen, wird es langweiliger.« Mexis Stimme stockte dramatisch. »Gefährlich langweilige Bäume wechseln sich ab mit schlimm langweiligen Dörfern, die sich abwechseln mit ultralangweiligen ... Feldern.« Seine Stimme wurde leiser und leiser. »Es ist das Grauen, Fufu, das mega...langweilige ... Grauen ...« Dann fing er an zu schnarchen.

»Mexi? Alles okay?«, fragte sein Vater schmunzelnd.

Mexis Mutter lächelte milde, als sie den schlafenden Mexi auf der Rückbank betrachtete. »Sieht so aus, als wäre unser kleiner Dino schon wieder eingepennt.«

Die seltsame Pension

Ein erneuter Ruck ließ Mexi aus seinem tiefen Schlummer aufschrecken. Das Auto hatte angehalten! Er musste wirklich lange geschlafen haben, denn die Sonne ging bereits unter, und draußen wurde es dunkel. Außerdem fühlte sich seine Zunge schon wieder an wie eine alte Socke.

»Wo sind wir?«, fragte er müde und rieb sich die Augen.

»Im Paradies!« Mexis Mutter lachte und öffnete seine Autotür.

Simba und Nala sprangen hechelnd über ihn hinweg, plumpsten auf den Boden und jagten sich gegenseitig bellend um den Wagen. Mexi stieg schwankend aus dem Auto und blickte sich entsetzt um. Wo immer sie gelandet waren, das war sicher *nicht* das Paradies.

Einsam parkte der Kombi auf einem Waldparkplatz vor einem windschiefen Holzhaus. Das Gebäude stand zwischen dunklen Tannen auf einem kleinen Hügel, sodass es um einiges größer schien, als es in Wirklichkeit war. Es erinnerte Mexi an eine riesige Kuckucksuhr. Eine Kuckucksuhr, die von einem verrückten Uhrmacher entworfen worden war.

Das Haus war ganz aus schiefen Holzbrettern gezimmert, die, nicht überraschend, schiefe Wände und ein schiefes Dach bildeten. Dichte Efeuranken wucherten überall. Mexi hatte das mulmige Gefühl, als könnte das Haus jeden Moment von den Schlingpflanzen in den Boden gezogen werden. Die hell erleuchteten Buntglasfenster schienen Mexi anzustarren. Auf einem verwitterten Holzschild am Parkplatz stand in krakeliger Schrift: *Romantik-Pension »Zum Hexenwalder Tal«*. Darunter waren ein struppiger Hexenbesen und ein dampfender Kessel geschnitzt worden.

»*Hier* wollt ihr Urlaub machen?«, fragte Mexi, der noch nie in seinem Leben so ein merkwürdiges Gebäude gesehen hatte.

»Wunderbar, oder!?«, trällerte sein Vater und atmete hörbar die würzige Waldluft ein. »Dieser altertümliche Charme!« Er war bereits eifrig damit beschäftigt, das Gepäck aus dem Kofferraum auf dem Parkplatz zu verteilen. »Siehst du, Schatz, es ist gar nicht so schlecht, dass ich mich verfahren habe! Wären wir früher hier gewesen, hätten wir bei unserer Ankunft nicht so einen schönen Sonnenuntergang gehabt!«

»Also, ich finde, der Laden sieht etwas ... morsch aus«, sagte Mexi skeptisch. »Und unheimlich ...«, fügte er leise hinzu.

Mexis Mutter legte ihm eine Hand auf die Schulter und seufzte zufrieden. »Hach, also *ich* finde es *total* romantisch.«

Romantisch? Von wegen!, dachte er und zuckte halbherzig mit den Schultern. Egal, wie gut das Angebot gewesen war, das seine Mutter gefunden hatte, ein Urlaub in dieser Bruchbude war selbst geschenkt noch zu teuer.

Simba und Nala tapsten über seine Füße und winselten ungeduldig.

»Geh doch mal kurz mit den beiden zum Wald rüber«, schlug seine Mutter vor. »In der Zwischenzeit helfe ich deinem Vater mit den Koffern.«

Mexi nickte. Die Hunde mussten ganz bestimmt mal. »Kommt!«, rief er. »Wir suchen euch einen hübschen Baum. Vielleicht finden wir unterwegs ja sogar ein richtiges Hotel, das nicht aussieht wie eine Geisterbahn.«

Zusammen mit den Hunden schlurfte er ein paar Meter über den Parkplatz bis zu einem Wanderweg, der an der Pension vorbeiführte. Simba und Nala sprangen sofort bellend voraus und liefen ein Stück in den düsteren Wald hinein.

Das hier war also der Hexenwald. Mexi fand, dass er nicht besonders einladend aussah. Der torfige Boden war nass und sumpfig. Merkwürdige lila Flechten hingen wie gespenstische Fetzen von den Ästen, und komische Knubbel-Pilze wuchsen auf der Rinde der knotigen Bäume. Unter den Waldduft mischte sich außerdem ein ganz anderer merkwürdiger Geruch. Das war doch ... Zimt?! Sofort musste er an die leckeren Pfannkuchen seiner Mutter denken. Der Geruch schien aus Richtung der Pension herüberzuwehen.

So spät am Abend noch Pfannkuchen?, wunderte sich Mexi.

Simba und Nala störte der Geruch nicht. Sie hatten einen ansprechenden Baumstumpf gefunden und ließen ihrer Natur freien Lauf.

Gerade als die beiden alles erledigt hatten, hörte Mexi ein Rascheln aus dem Wald. Auch die Hunde spitzten die Ohren. Dann fingen sie an zu kläffen. Etwas machte die beiden nervös! Es war schon so dunkel, dass Mexi Mühe hatte, zu erkennen, was genau die beiden gefunden hatten. Er kniff die Augen zusammen und spähte genauer in den Wald.

Da! Im Zwielicht zwischen den Baumwipfeln, waren da nicht zwei leuchtende Augenpaare aufgeblitzt, die ihn anstarrten? Saß etwa jemand auf dem Ast? Mexi meinte, ein Mädchen mit langen dunklen Haaren zu erkennen. Und hockte da ein schwarzer Wolf neben ihr?

Nein, für einen Wolf war das Tier nicht groß genug. Es war eher eine ... dicke, struppige schwarze Katze?

Mexi wollte dem geheimnisvollen Mädchen etwas zurufen, als ...

»Meeexi?«, hörte er seine Mutter. »Wo bleibst du?«

Nur für einen Moment drehte sich Mexi nach der Stimme seiner Mutter um, und als er wieder zum dunklen Waldweg zurücksah, waren das Mädchen und die Katze verschwunden.

»What the ...«, murmelte Mexi und kratzte sich den Dino-Kopf. Hatte ihm seine Fantasie etwa einen Streich gespielt?

Er rief nach Simba und Nala, und zusammen liefen sie zurück zum Parkplatz der Pension, wo seine Eltern neben einem riesigen Kofferstapel schon auf sie warteten.

»Ah, da bist du ja«, sagte seine Mutter. »Dein Vater hat sich beim Koffertragen einen Hexenschuss geholt! Und das im Hexenwald!« Sie hatte Mühe, nicht zu kichern.

»Ach, halb so schlimm!«, log Mexis Papa vollbepackt und mit schmerzverzerrtem Gesicht. »Aua! Oje! Das geht ja gut los.«

»Kannst du bitte mit anpacken, Mexi?« Sie selbst schnappte sich zwei Koffer und drei Taschen.

»Kein Problem«, antwortete Mexi, schulterte seinen Rucksack und klemmte sich einen der Koffer unter den Arm. Dann lief er zusammen mit seinen Eltern und den beiden Möpsen den Hügel zur Pension hinauf.

Die Sonne war mittlerweile schon fast komplett untergegangen, und die mit Spinnweben zugesponnenen Wandlampen neben dem Eingang flackerten wie betrunkene Glühwürmchen im Dämmerlicht. Weil Mexis Mama ihre Hände brauchte, um das schwere Gepäck zu tragen, schob sie die große Eingangstür der Pension mit dem Fuß auf.

Sie betraten ein kleines Foyer. Ein Schwall aus abgestandener Luft wehte ihnen ins Gesicht. Irgendwann mochte die Pension mal hübsch ausgesehen haben, doch diese Zeiten waren lange, laaaange vorbei. Der knarzende Dielenboden war mit einem ausgeblichenen roten Teppich ausgelegt. Klobige Stehlampen spendeten warmes Licht, das sich wie leuchtender Nebel im Raum verbreitete. Neben dem Backsteinkamin, in dem ein kleines Feuer vor sich hin knackte und knisterte, stand ein durchgesessener roter Samtsessel. Die holzvertäfelte Rezeption am anderen Ende des Raumes war genauso seltsam schief und krumm gezimmert wie der Rest des Hauses.

»Woah«, sagte Mexi verblüfft. »Riecht ihr das auch?«

Es roch schon wieder so lecker wie draußen! Nach Zimt. Nur diesmal war der Duft noch intensiver. Er schien aus den zahlreichen Ritzen der mit Blumentapete beklebten Wände zu strömen.

»Ich rieche nichts«, sagte seine Mutter und schaute sich begeistert um. »Sieh doch nur, Liebling! Wie schön urig es hier eingerichtet ist. Hach, *genau so* habe ich es mir vorgestellt!«

»Ja, wunderschön«, sagte Mexis Papa und lächelte gequält. »Aua! Meine Bandscheiben.«

Er ließ einen der Koffer fallen, dann den zweiten, als wäre es Absicht gewesen. Mexi und seine Mutter stellten das restliche Gepäck ebenfalls ab und liefen über den roten Teppich zur Rezeption.

Hinter dem Tresen war niemand. Nur eine mit schwarzem Leder beschlagene Tür, die in einen Raum hinter dem Empfang führen musste.

»Komisch«, sagte Mexis Mutter. »Niemand da. Und eine Klingel sehe ich auch nicht.«

Auf dem Tresen stand außer einer staubigen Lampe mit vergilbtem Lampenschirm und etwas Krimskrams lediglich eine dicke Messingfigur. Sie sah aus wie ein Buddha. Glatzköpfig saß er im Schneidersitz da und lächelte Mexi und seine Eltern tiefenentspannt an. Auf dem runden Bauch des Buddhas klebte ein kleines Pappschild.

»Keiner da?«, las Mexis Mutter laut vor. »Dann streicheln Sie meinen Bauch!« Sie kicherte. »Davon habe ich gehört! Wenn man den Bauch eines Buddhas streichelt, bringt das Glück. Soll ich mal?«

»Na los«, sagte Mexi. Er war schon etwas neugierig darauf, was passieren würde.

Seine Mutter nickte und rieb vorsichtig über den Bauch der Statue.

OOOOOOOMMMMM. Ein sanfter metallener Ton erklang.

»Ooooh«, sagte Mexis Mutter fasziniert. »Das klingt ja wie die Klangschalen in unserem Yoga-Kurs! Richtig entspannend. Ich glaube, hier wird es mir gefallen.«

Hinter der Tür am Tresen erklangen schnelle, trippelnde Schritte. Jemand schien eine Treppe hinaufzusprinten und dabei wie eine Lokomotive zu schnaufen.

HUFF, HUFF, HUFF!

Die Tür wurde aufgestoßen. Eine alte Dame tauchte blitzschnell auf und kam schlitternd hinter der Rezeption zum Stehen.

»Guten Abend und herzlich willkommen!«, sagte sie und zeigte das breiteste und faltigste Lächeln, das Mexi je gesehen hatte. Sie sah genau so aus, wie man sich ein Großmütterchen vorstellte, mit dem einzigen Unterschied, dass sie in einem knallgelben Jogginganzug steckte.

»Mein Name ist Ulma Zinkenzuck!«, stellte sich die Alte vor. »Aber die meisten Gäste nennen mich einfach Oma Zinkenzuck. Ich freue mich, Sie in der Pension ›Zum Hexenwalder Tal‹ begrüßen zu dürfen! Ich hoffe, dass Sie sich ganz wie zu Hause fühlen werden.« Das breite Lächeln ließ ihre Nase passend zu ihrem Namen zucken.

»Ach, wie lieb!«, rief Mexis Mutter gerührt. »Habt ihr das gehört? Wie zu Hause!«

»Sehr schön!« Die Alte nickte. »Ich habe Sie erwartet. Sie sind hier wegen des Super-Sonderangebots für einen romantischen Kurzurlaub, nicht wahr?«

»Ja. Das sind wir, Frau Zinkenzuck«, bestätigte Mexis Vater.

»Sagen Sie Oma Zinkenzuck, bitte«, sagte die alte Frau und grinste.

»Beeindruckend, wie Sie die Treppe hochgejagt sind«, sagte Mexis Mutter. »In Ihrem Alter!«

»Alter ist nur eine Zahl«, winkte Oma Zinkenzuck ab. »Sie müssen nur biegsam bleiben, mit dem Geist *und* dem Körper. Schauen Sie!«

Sie hob ihre Arme zur Decke, dann schüttelte sie ihren Oberkörper hin und her. Es machte knick, es machte knack, und dann schwang sie ihr rechtes Bein und ihre Arme ruckartig um ihren Kopf, sodass sich ihre faltigen Hände unter ihrer Nase berührten und sie sich mit dem rechten Fuß hinter dem Ohr kratzen konnte.

Mexi hatte noch nie so etwas Verrücktes gesehen. *Als wäre sie eine lebendige Brezel, die im Zirkus auftritt*, ging es ihm durch den Kopf.

Seine Eltern aber waren ungemein beeindruckt.

»Wow!«, rief Mexis Papa völlig gebannt.

»Das will ich auch können«, flüsterte Mexis Mama wie verzaubert.

»Das ist eine uralte Yoga-Pose. Die Magische Schlange«, erklärte Ulma Zinkenzuck stolz. »Ich habe sie in Tibet gelernt vor langer, langer Zeit.«

Sie schüttelte ihren Kopf. Er hörte sich an wie eine mit Sand gefüllte Rassel. Einen Augenblick später wickelte sie sich wieder auseinander, und alle Körperteile kehrten an den richtigen Platz zurück.

Zufrieden lächelte sie Mexis Eltern mit zuckender Nasenspitze an. »Ich bringe es Ihnen gerne bei.« Dann erst schien sie den etwas abseits stehenden Mexi zu bemerken und schaute ihn skeptisch an. »Sie sind nicht allein? Warum haben Sie denn eine Riesenechse dabei?«

»Das ist unser Sohn Mexi«, sagte seine Mutter und guckte etwas beschämt. »Er mag sein Dino-Kostüm sehr.«

Mexi hielt mit Zeige- und Mittelfinger ein V in die Luft und grinste die alte Dame an. »Dino-Peace!«, rief er. »Aber es ist ein Onesie, kein Kostüm.«

Der skeptische Ausdruck im Gesicht der Frau verschwand, und sie schenkte Mexi ein Lächeln voll perlweißer und wahrscheinlich falscher Zähne. »Da schau an, das ist ein Kind? Ah, ja, ich vergaß! Sie hatten ein Doppelzimmer und ein Einzelzimmer gebucht.« Sie zuckte mit den Schultern. »Manche Kinder sehen aus wie Kinder, andere wie Dinosaurier.«

Mexis Eltern nickten dankbar. Mexi selbst beschäftigte allerdings etwas ganz anderes.

»Und was gibt's zu essen?«, fragte er gähnend.

»Mexi! Das ist unhöflich«, ermahnte ihn seine Mutter.

Die alte Frau hob beschwichtigend eine Hand. »Ich verstehe schon. Kleine, hungrige Dinos müssen eben viel futtern. Gleich morgen früh gibt es ein herrliches Frühstücksbuffet mit gebutterten Brötchen, Pfannkuchen mit Marmelade und frischen Eiern, so viel du magst.«

Mexi konnte nicht anders. Als er die Aufzählung seiner liebsten Frühstücksspeisen hörte, musste er breit grinsen.

»Aber bitte als Rührei, wenn's geht! Und nicht ganz durch!«

»Kein Problem«, sagte Ulma Zinkenzuck kichernd, dass die Nasenflügel bebten. »Aber sehr gerne doch! Ich ...« Sie hielt mitten im Satz inne. Ihr Blick war auf Mexis Vater gefallen, der sich jetzt wieder mit schmerzverzerrtem Gesicht den unteren Rücken hielt. »Was ist denn mit Ihnen passiert, Sie armer Mann?«, fragte sie.

»Ich habe mir den Rücken beim Ausladen des Gepäcks verknackst.« Er lächelte verlegen.

»Das ist aber gar nicht gut!«, sagte die alte Frau besorgt und kam hinter dem Tresen hervor. Sie musste auf einer Erhöhung gestanden haben, denn mit jedem Schritt wurde sie kleiner. Als sie vor Mexis Vater stand, reichte sie ihm nur noch bis knapp unter die Brust.

»Ein gesunder, kräftiger Mann wie Sie! Ich gebe Ihnen beiden jetzt sofort eine Buttermassage zur Entspannung nach der langen Reise!«

»Oh ja!«, rief Mexis Mutter und klatschte vor Freude in die Hände. »Das wird uns guttun, Liebling. Mein Nacken ist auch ganz schön mitgenommen von der Fahrt.«

»Das klingt ganz wunderbar«, ächzte Mexis Vater. »Ist das auch wirklich in Ordnung? Es ist schon so spät.«

»Aber natürlich!«, sagte Frau Zinkenzuck. »Lassen Sie die Koffer einfach hier unten stehen. Ich bringe sie später aufs Zimmer.«

»Und was ist mit Abendessen?«, fragte Mexi. »Ich hab *jetzt* Hunger!«

Die alte Frau wackelte zu ihm hinüber und lächelte verständnisvoll. Er bemerkte sofort den Zimtgeruch, der von ihr ausging. Sie griff in die Tasche ihrer Jogginghose und drückte Mexi einen kupfernen Schlüssel in die Hand.

»Für dein Zimmer«, sagte sie. »Zimmernummer 13. Erste Tür links nach der Treppe, gleich gegenüber vom Zimmer deiner Eltern. Neben dem Bett gibt es eine kleine Minibar mit leckeren Snacks. Du kannst dir so viele nehmen, wie du möchtest!«

»Aber …«, wollte Mexi protestieren. Eigentlich hatte er auf einen Cheeseburger gehofft. Oder wenigstens ein Käsebrot. Er warf seinen Eltern einen Hilfe suchenden Blick zu. Doch die hatten sich ihre Handtücher geschnappt und warteten gespannt auf ihre Massage.

»Oh Mann«, seufzte Mexi und kniete sich zu Simba und Nala. »Das werden ein paar harte Tage!«

Er schnappte sich seinen Rucksack und folgte den Erwachsenen mit den zwei Hunden im Schlepptau in den ersten Stock. Unter jedem Schritt knarzten und ächzten die Treppenstufen, als würden sie bald einbrechen. Nur der zerschlissene rote Teppich schien sie noch zusammenzuhalten. An den Wänden waren überall Risse zu sehen, Putz bröckelte unter alten Tapeten hervor.

Hier muss dringend mal renoviert werden, dachte Mexi.

Seine Eltern verschwanden gerade mit der merkwürdigen Oma Zinkenzuck in ihrem Zimmer auf der rechten Seite des Gangs, als er oben ankam.

»Ziehen Sie sich schon mal aus«, hörte er die alte Frau sagen. »Ich hole nur schnell zwei Massageliegen und bringe auf dem Feuer einen Eimer Butter zum Kochen.«

Prompt kam sie aus der Tür gejoggt. Als sie Mexi sah, zwinkerte sie ihm zu und lief mit einem breiten Grinsen an ihm vorbei. *HUFF, HUFF, HUFF!*, machte sie und spurtete die Treppe hinunter. Mexi hörte seine Eltern in ihrem Zimmer aufgeregt kichern.

Sollen sie ihren Spaß haben, dachte er und zuckte mit den Schultern. Dann steckte er Frau Zinkenzucks Schlüssel in das Schloss der Tür mit der Nummer 13.

Zimmer Nummer 13

Mexi drückte vorsichtig die knarrende Tür zu seinem Zimmer auf. Drinnen war es stickig und stockdunkel. Er tastete nach dem Lichtschalter. *KLICK!* An der Zimmerdecke erwachte eine altersschwache Glühbirne ohne Lampenschirm flackernd zum Leben. Und mit ihr eine riesige Motte, die träge um die kahle Lampe herumzuflattern begann.

»Och nee!« Mexi seufzte und ließ die Schultern hängen.

Das Zimmer sah aus, als hätte jemand dem besten Innenarchitekten der Welt sehr viel Geld bezahlt, um es so altmodisch wie möglich einzurichten. Zur Ausstattung gehörte ein Bett aus dunklem Holz, von dem überall die Farbe abblätterte. Düstere Gemälde hingen in eingestaubten Goldrahmen an den Wänden, und verschlissene graue Vorhänge bauschten sich vor einem halb geöffneten Fenster. Auf dem alten Teppich konnte Mexi genau den Laufweg zum Bett erkennen, so durchgetreten war er. Nur die dunkelgrüne Tapete mit ihrem verblichenen Blumenmuster versprühte einen gewissen Charme. Ein kleiner brauner Kühlschrank, der vielleicht einmal weiß gewesen war, diente als brummender Nachttisch. Der Innenraum war fast vollständig mit Eis überzogen, in dem ein paar traurige Salzstangen festgefroren waren. Bei der Vorstellung, wie Oma Zinkenzuck seine Eltern einbutterte, war Mexi aber ohnehin der Appetit vergangen.

Er wagte sich ein paar Schritte in das Zimmer hinein und stellte seinen Rucksack ab. Die langen Dielenbretter stöhnten und knarzten bei jeder Bewegung. Simba und Nala waren weniger zurückhaltend. Sie liefen flink an Mexi vorbei und inspizierten ihr neues Zuhause.

Gerade als Mexi die Laptoptasche aus dem Rucksack gezogen hatte, um auszuprobieren, ob das Teil nicht vielleicht doch noch was draufhatte, hörte er hinter der Wand etwas rascheln und rumpeln. Er legte die Tasche beiseite und lauschte.

»Habt ihr das auch gehört?«, flüsterte er zu seinen Hunden. Simba nieste und ließ die Zunge heraushängen. Nala legte fragend den Kopf schief.

»Doch«, murmelte Mexi. »Ich bin sicher, da war was ...«

Aber was? Das Geräusch hatte aufgehört. Mexi hatte das schaurige Gefühl, beobachtet zu werden. So wie vorhin im Wald. Bei genauem Hinsehen kam ihm die Tapete jetzt komisch vor. Im gemalten Dickicht aus Ranken und tropischen Blüten standen dunkle Schatten, die ihn mit weiß glühenden Augen zu verfolgen schienen. Oder bildete er sich das nur ein? Waren es doch nur kleine weiße Blütenknospen, die wie Augen aussahen? Mexi schluckte nervös.

»Angriff ist die beste Verteidigung ... Das lernt man doch in Spielen«, flüsterte er, fletschte die Zähne und knurrte die Tapete dinomäßig an. Das Rascheln traute sich nicht mehr zu rascheln, und auch das Rumpeln schien er in die Flucht geschlagen zu haben.

Mexi nickte zufrieden – da streifte ihn ein eiskalter Windhauch. Es fühlte sich an, als ob ihm ein Gespenst über die Wange gestrichen hätte. Ein Schauer lief über seinen Nacken und den Rücken hinunter, an den gelben Zacken vorbei bis zu seinem Dino-Schwanz.

»Fühlt ihr das auch?«, hauchte er den beiden Hunden zu, die sich jetzt tatsächlich ganz ruhig und aufmerksam verhielten.

Auf einmal krachte die Tür seines Zimmers hinter ihm mit einem lauten Knall ins Schloss. Mexi sprang erschrocken auf und drehte sich um. Simba und Nala kläfften ängstlich die Tür an. Aber was immer da draußen war, es sollte ruhig kommen! Seine Dino-Krallen waren tödliche Waffen und bereit, jeden Geist im Handumdrehen zu Gespenster-Hackfleisch zu verarbeiten!

»Komm raus!«, rief Mexi »Oder ich zeig dir mein Dino-Kung-Fu!«

Doch da war niemand. Nur die schwere hölzerne Tür.

Seltsam, dachte er, während sein Herz noch immer wild klopfte, und schaute sich genauer im Zimmer um. Sein Blick fiel auf das halb geöffnete Fenster. Wahrscheinlich hatte ein Windzug die Tür zugeschlagen. Ja, das musste es gewesen sein! Beruhigt ließ er seine Hände sinken und kniete sich zu den beiden Möpsen, die nervös um seine Füße herumtapsten.

»Von wegen Entspannung! Überall knackt und knirscht es wie altes Knäckebrot.«

»Alles in Ordnung?«, konnte er seine Mutter selbst durch die Wand noch rufen hören. Wahrscheinlich hatte sie mitbekommen, wie Mexis Tür ins Schloss geknallt war.

»Alles suuuuper!«, rief Mexi. Aber es klang nicht, als wäre alles super, sondern als wäre alles das genaue Gegenteil.

Frustriert hob er die schwere Laptoptasche vom Boden auf und schleuderte sie mitten aufs Bett. *RUMMS!* Die Matratze war hart wie Stein. Es hatte geklungen, als hätte Mexi den Computer aus dem Fenster einfach auf die Straße geworfen.

»Oh neeeee!« Besorgt stürzte er zum Bett hinüber. Hoffentlich hatte das Teil bei dem harten Aufschlag nichts abbekommen!

Er setzte sich auf den Rand des Bettes, schnappte sich die Laptoptasche und öffnete den Reißverschluss. Der klobige, schwarze und viel zu schwere Computer seines Vaters kam zum Vorschein. Nala stellte sich mit den Vorderpfoten an Mexis Schienbein auf, um neugierig an dem alten Gerät zu schnüffeln.

Vorsichtig schüttelte Mexi den Laptop. Nichts klapperte. Vielleicht war ja bei der unsanften Landung doch nichts kaputtgegangen. Er klappte das Gerät auf. Der Lüfter fing sofort an zu surren und zu pusten wie ein Staubsauger, der seine letzte Runde dreht. Nach bangen Minuten des Wartens flackerte der Bildschirm endlich auf.

»Ein Glück!«, jubelte Mexi. »Er lebt noch …«

Durch die verschlossene Tür hörte er seinen Vater lachen. Sein Papa war unheimlich kitzelig.

»Die und ihre doofe Buttermassage ...«, sagte Mexi leise. Er musste unbedingt mit jemandem reden. Mit jemandem, der ihn verstand. Furdis! Dann fiel ihm ein, dass er etwas sehr Wichtiges vergessen hatte.

»Internet!«, flüsterte er. »Fufuuuuu, ich komme!«

Mexi schnappte sich sein Handy und starrte auf das Display. Kein Netz. Aber was war mit WLAN? Hier sollte es doch Internet geben! Das hatten ihm seine Eltern versprochen! Mexi drückte und wischte auf der Oberfläche seines Handys herum. »Suche nach verfügbaren Netzwerken ...«, informierte ihn sein Handy.

»Na komm schon ...«, bettelte er. »Nur ein kleines bisschen WLAN, mehr will ich doch gar nicht.«

Sein Handy schien in diesem Augenblick genauso lahm zu sein wie der antike Laptop seines Vaters, der auf seinen Knien lag und mit jeder Sekunde heißer wurde.

Weil Mexi das alles zu lange dauerte, überlegte er sich passende Namen für das WLAN der Pension. Hexenwalder-RunzelWEB, Hinterwäldler-Netz, Mumien_DSL, AlteGewitterZie...

»Keine verfügbaren Netzwerke«, informierte ihn sein Handy nüchtern, als wäre das nicht die grausamste Nachricht aller Zeiten. Kein »Herzliches Beileid!«, kein »Tut uns leid, aber Sie sind ganz allein im Nirgendwo«. Mexi hatte die Nase voll. Er sprang auf, marschierte mit seinem Laptop unter dem Arm zur Tür und riss sie auf. Simba und Nala tapsten interessiert hinter ihm her.

Die Tür zum Zimmer seiner Eltern stand immer noch offen. Schon vom Flur aus konnte er die beiden und die runzelige alte Besitzerin der Pension sehen. Seine Mutter und sein Vater lagen jeweils mit dem Gesicht nach unten auf einer Klappliege, die Frau Zinkenzuck neben den Betten aufgestellt hatte.

Mexi räusperte sich und betrat vorsichtig den Raum. Als die alte Frau ihn bemerkte, breitete sich sofort das freundliche Lächeln von vorhin auf ihrem Gesicht aus.

»Na, willst du auch mal?«, fragte sie. »Es ist wirklich angenehm!« Sie zeigte auf einen großen Buttereimer. »Ich kann gleich noch einen Liter Butter zum Kochen bringen, kein Problem! Zieh doch schon mal dein Eidechsen-Kostüm aus.«

»Kommt nicht infrage!«, rief Mexi. »Erstens ist es ein Dino-Onesie und kein Eidechsen-Kostüm, und zweitens will ich nicht wie ein Schnitzel behandelt werden, okay? Ich will doch nur Internet!«

»Frau Zinkenzuck versucht bloß freundlich zu sein«, schaltete sich seine Mutter ein, ohne ihren Kopf von der Liege zu heben.

»Ja, du verpasst was, mein Junge!«, brummte sein Vater.

»Nee, danke. Wirklich«, lehnte Mexi ab. »Ich möchte einfach nur wissen, wie ich ins Internet komme. In Ihrer E-Mail stand doch, dass Sie ISBN haben! Oder wie das heißt.«

»Internetkabel?«, fragte die alte Frau beiläufig, während sie getrocknete Blätter von einem Büschel Pflanzen rupfte, zwischen den Fingern zerrieb und auf den Rücken von Mexis Vater rieseln ließ. Der fing unkontrolliert an zu zucken und zu lachen.

»Die Internet-Lounge ist *ganz* neu«, sagte sie stolz. »Haben wir erst 1998 für unsere Gäste eingerichtet.« Dann holte sie ein Holzkästchen aus einem Schrank.

»Ja, aber *wooooo* ist das?«, fragte Mexi eindringlich und betonte jede Silbe, als ob die alte Zinkenzuck nicht ganz bei Trost wäre.

»Jetzt sei doch nicht so unhöflich«, ermahnte ihn seine Mutter.

»Genau«, stimmte sein Vater zu. »Du solltest einfach entspannen. So wie wir.«

»Wo Internet ist, willst du wissen?«, fragte die Alte. Dann rief sie laut: »Buckelein! Kooooom, Katerchen Buckel, miez, miez!«

Wie aus dem Nichts tauchte ein dicker schwarzer Kater im Raum auf. Mexi erkannte ihn sofort. Es war derselbe Kater, den er mit dem seltsamen Mädchen im Wald gesehen hatte! Buckel hieß er also.

Passt, dachte Mexi. Buckel hatte einen struppigen Nacken und sah damit fast aus wie ein Wolf.

Den Möpsen schien der Neuankömmling nicht zu gefallen. Nala versteckte sich hinter Mexis Beinen, Simba knurrte. Buckel ließ sich davon aber nicht beeindrucken. Er würdigte die beiden Hunde keines Blickes und schaute nur gelangweilt zu der alten Frau. Sein linkes Auge war grün, das rechte schimmerte goldgelb.

»Wie soll mir denn die Katze weiterhelfen?«, wunderte sich Mexi.

»Geh mit dem alten Buckel«, sagte Frau Zinkenzuck. »Er zeigt dir den Weg zur Internet-Lounge.« Sie öffnete die hölzerne Kiste, die ein weißes Pulver enthielt, und wandte sich wieder Mexis Eltern zu. »Und für Sie kommt nun eine Salzkruste. Die ist gut für die Lunge, gut für das Herz und macht ganz zartes Fleisch.« Dann nahm sie eine Handvoll Salz und verrieb es auf dem Rücken von Mexis Mutter.

»Ach, herrlich«, seufzte die. »Und wie das duftet. Wie am Meer!«

Mexi schüttelte verständnislos den Kopf. Er schaute nach unten, doch der Kater war schon wieder verschwunden. Schnell lief er zurück in den Flur und blickte nach links und dann nach rechts den Gang hinab. Da!

Buckels Schwanzspitze verschwand gerade hinter der Ecke am anderen Ende des Flurs.

»Simba! Nala!«, rief Mexi. »Schnell! Der darf uns nicht entwischen! Er führt uns zum Internet!«

Die beiden Möpse liefen wie von der Hornisse gestochen hinter Buckel her. Mexi musste sprinten, um mit ihnen mitzuhalten. Das war gar nicht so leicht mit dem bleischweren Laptop im Arm.

Fast hätte er die Kurve nicht gekriegt und wäre in eine große Standuhr gekracht. Sie gab ein lautes *BOOOONG* von sich, als wollte sie sich beschweren. Vor lauter Schreck bremste Mexi ab. Musste das Ding denn gerade dann losgehen, wenn er vorbeilief? Das mechanische Uhrwerk der Standuhr kratzte und knirschte hinter dem goldglänzenden Ziffernblatt, auf dem eine lächelnde Sonne und ein müder Mond eingraviert waren. Es war Viertel nach zehn. Normalerweise sollte er genau jetzt zusammen mit Furdis und Tausenden anderer Spieler auf eine neue Season ihres Lieblingsspiels losgelassen werden. Stattdessen saß er hier in der Einöde fest und starrte Uhren an.

Rechts neben der Uhr ging der Flur noch etwas weiter, ehe er in einer Sackgasse endete, wo ein großes Buntglasfenster die bröckelige Wand zierte. Das bunte Glasmosaik leuchtete trübe im Mondlicht. Es bildete ein seltsames Muster, wie ein Gesicht, das aus Blättern und Früchten zusammengesetzt worden war. Der Kopf bestand aus roten Hagebutten, aus denen wie bei einem Ziegenbock zwei Hörner wuchsen. Mit geschlossenen Augen lächelte das Gesicht in den Gang hinein, als würde es schlafen.

Ein kurzes Bellen von Nala riss Mexi aus seiner Betrachtung. Es kam vom linken Ende des Flurs. Hatte sie Buckel gefunden? Und das Internet? Mexi drehte sich um und sah im linken Gang einen Klappstuhl und einen kleinen dreibeinigen Hocker, der einmal vier Beine gehabt hatte. Auf dem Hocker saß Buckel und funkelte Mexi mit seinen leuchtenden Augen an. Simba und Nala hatten den Kater umzingelt und beobachteten ihn aus sicherem Abstand.

An der Wand neben Buckel hing ein vergilbter Zettel mit den Worten »INTERNET-LOUNGE«. Um ein Bein des Hockers war das Ende eines Kabels gewickelt. Der Stecker kam Mexi sehr vertraut vor.

»Das Internet!«, quietschte er, lief zu dem Klappstuhl und setzte sich. Buckel machte keinerlei Anstalten, sich vom Hocker zu bewegen, um für Mexis Laptop Platz zu machen. Der Kater starrte den Jungen stattdessen nur abfällig an, als hätte er noch nie einen internetsüchtigen Dino auf Entzug gesehen. Mexi ignorierte ihn, schnappte sich das Kabel und steckte es in die Buchse des Computers. Mit einem sanften KLICK rastete es ein.

Mexi loggte sich mit flinken Fingern in den Account ein, den ihm sein Vater vor Urzeiten eingerichtet hatte, und öffnete sein Chat-Program. Alles dauerte viel länger als bei seinem eigenen PC, aber immerhin ... es lief!

»Netzwerkverbindung gefunden«, jubelte der Rechner, und wenige Augenblicke später erschien ein sehr bekanntes, wenn auch pixeliges und ruckelndes Gesicht auf dem Bildschirm.

»Fuuuufuuuuu!«, rief Mexi. Es kam ihm vor, als hätte er Furdis schon seit Jahren nicht mehr gesehen.

»Hey, Mexi!« Das Bild seines Freundes zuckelte, und seine Stimme klang wie aus einer Blechdose. Wahrscheinlich wegen der bescheidenen Internetverbindung. »Wie geht es dir? Wie läuft's im Hexenwald?«

»Ach, Fufu«, seufzte Mexi. »Es ist viel schlimmer, als ich dachte! Die Bruchbude gehört einer verrückten Omi, die ständig mit der Nase wackelt. Meine Eltern werden gerade von ihr mit Butter eingeschmiert, und die finden es auch noch toll!«

»Mit Butter?«, wunderte sich Furdis, der im Hintergrund deutlich hörbar auf seiner Tastatur klapperte.

»Die nennen das Wellness!«, klagte Mexi.

»Mann, du verpasst hier echt was«, antwortete Furdis. »Ich spiele schon den ganzen Abend!«

»Ja? Wie ist die neue Season?!« Mexi rutschte nervös auf seinem Klappstuhl herum. »Du musst mir alles erzählen! Ach, bin ich froh, dass in dieser dummen Bruchbude wenigstens das Internet funktioniert!«

Buckel fauchte Mexi fies an.

»Besorg dir deinen eigenen Laptop, Fellknäuel!«, fauchte Mexi zurück.

Buckel murrte, sprang von dem dreibeinigen Hocker, der mal vier Beine gehabt hatte, und lief ein paar Schritte zurück durch den Flur. Dort blieb er vor einer kleinen Nische stehen, die von einem orangefarbenen Stoffvorhang verdeckt war. Der struppige Kater blickte kurz zurück zu Mexi und fletschte die Zähne, wobei sein linker Eckzahn aufblitzte.

Komisch, dachte Mexi. *Sieht fast aus wie ein Grinsen.*

Buckel funkelte ihn noch einmal aus seinen verschiedenfarbigen Augen an, dann verschwand er hinter dem Vorhang.

»Seltsames Vieh«, murmelte Mexi.

»Was sagst du?«, rief Furdis, der voll mit seinem Spiel beschäftigt war.

»Ach, nur so eine komische Katze«, winkte Mexi ab. »Aber hier in dieser beknackten Pension ist alles komisch.«

Furdis sprang auf. »Wow! Du wirst nicht glauben, was ich hier gerade entdeckt habe! Mexi, das ist zu krass!«

»Was denn?«, fragte Mexi gespannt. »Erzähl mal!«

»Ich sag's dir! Du. Wirst. Es. Nicht. Glauben!« Furdis raufte sich die Haare. »Du kannst hier im Spiel jetzt eine ...«

Furdis fror mitten in der Bewegung ein. Dann endete die Videoverbindung. Ein Text erschien: »Netzwerkverbindung konnte nicht gefunden werden«.

»Fufu!«, schluchzte Mexi leise. »Hörst du mich? Fufu? NEEEINNNN!«

Er tastete nervös nach dem Internetkabel. Es war noch da, wo es sein sollte. Aber wenn das Problem nicht hier war, wo war es dann? Am anderen Ende des Kabels? Zu Hause musste er manchmal den Router neu starten. Mexi schaute, wohin die Leitung führte. Sie lief an der Wand entlang den Flur hinunter und verschwand dann hinter demselben Vorhang, hinter dem auch der schwarze Kater eben verschwunden war.

Aber Buckel ist doch nur eine Katze, sagte er sich. *Der wird doch nichts mit dem Internet angestellt haben ... oder?*

Mexi stellte den Laptop beiseite und ging auf den Vorhang zu. Simba und Nala folgten ihm. Die beiden waren ganz still. Wahrscheinlich konnten sie Mexis Anspannung spüren. Prompt tauchte der schwarze Kater hinter dem Vorhang auf, zuckte kurz mit dem Schwanz und lief, ohne Mexi anzusehen, davon. *Seltsam*, dachte Mexi und schaute ihm hinterher. Dann zog er den Vorhang zur Seite.

In der Nische stand ein Katzenklo, vom dem ein fürchterlicher Gestank ausging. Simba winselte und begann auf dem Boden zu scharren, als hätte er selbst gerade ein Häufchen gemacht. Wahrscheinlich versuchte er, ein Loch für die Plastikwanne samt schrecklichem Inhalt zu graben. Kein Wunder. Buckel hatte ganze Arbeit geleistet.

Doch was war mit der Leitung? Bei genauerem Hinsehen fiel Mexi auf, dass das Kabel in das Katzenklo führte! Es war an eine graue Plastikbox mit dem Aufdruck »ISDN« angeschlossen, die halb verbuddelt im Katzenstreu lag ... neben anderen *Sachen*, die garantiert keine Katzenstreu waren. Über dem Klo waren noch die Schrauben zu sehen, die den Kasten bis eben an der Wand gehalten hatten. Offene Kabelenden schauten aus dem Putz.

Mexi verzog angewidert das Gesicht. Es machte ganz den Anschein, als müsste er wirklich in das Katzenklo greifen, um das Problem zu beheben ...

Fast hatte er sich überwunden, die Box samt Kabel aus der grausamen Plastikwanne zu fischen, da flackerten die Lichter der ISDN-Box kurz mit letzter Kraft auf und erloschen dann. Wahrscheinlich hatte der Geruch das Ding umgebracht. Rauch stieg aus dem Kasten auf.

»Das war's wohl«, flüsterte Mexi. Es klang wie ein Abschied. Von seinem Freund. Von der neuen Season seines Lieblingsspiels. Von allem, was Spaß machte. Ohne Internet war er verloren. Mexi wurde unheimlich müde. Was für ein schrecklicher Tag das doch gewesen war!

BOOOONG, BOOOONG.

Die Standuhr schlug halb elf. Mexi holte den Laptop aus der »Internet-Lounge« und schlurfte traurig zurück in Richtung seines Zimmers. Diese miefige Pension und die überfreundliche alte Frau mit ihrem Psycho-Kater und ihrer bescheuerten Buttermassage ... Ihm konnte das alles gestohlen bleiben! Warum waren seine Eltern nicht einfach ohne ihn in den Urlaub gefahren? Warum durfte *er* keinen Spaß haben?

Die Zimmertür seiner Eltern war geschlossen. Kurz überlegte Mexi reinzustürmen und sich dinomäßig zu beschweren. Über das Internet und alles und überhaupt! Aber selbst dazu war er zu müde. Außerdem wollte er nicht der verrückten Oma Zinkenzuck begegnen, die seine Mutter und seinen Vater bestimmt gerade in Käsescheiben einwickelte oder so.

Daher schlurfte er wortlos und niedergeschlagen in sein Zimmer. Er zog die Tür hinter sich zu, packte den Laptop wieder in die Tasche und krabbelte dann, nachdem er seine Turnschuhe abgestreift hatte, ins Bett. Das Bettzeug schob er in die Mitte der steinharten Matratze, sodass es fast wie ein Nest aussah. *Ein Dino-Nest*, dachte er, als er sich hineinlegte. Simba und Nala sprangen zu ihm auf die Decke, hechelten zufrieden und kuschelten sich an ihn. Kurz lauschte Mexi noch dem Atmen der beiden Hunde. Dann schlief er ein.

Geisterstunde

Mexi hatte einen schrecklichen Albtraum. Er träumte, dass Oma Zinkenzuck und ihr struppiger schwarzer Kater an seinem Bett standen, während er schlief. Mexi fühlte, wie sich die Alte mit ihrer zuckenden Nase über ihn beugte und ihn anstarrte. Ihr Atem roch nach Zimt! Er wollte aufspringen und sie wegstoßen, doch er konnte sich nicht bewegen.

Mit einem Mal breitete sich ein helles Licht im Raum aus, das in allen Farben des Regenbogens schillerte. Es hüllte Mexi ein und vertrieb so den Schatten vor seinem Gesicht. Beruhigt sank er in eine sanfte, traumlose Leere hinab.

WUFF, WUFF!

Mexi schreckte aus dem Schlaf. Wo war er? Was passierte hier? Der ganze Raum wackelte, und überall rumpelte es. Simba und Nala bellten wie verrückt. Etwa ein Erdbeben?

»Oh Mann!«, ächzte Mexi und wischte sich den Schweiß von der Stirn. Diese heruntergekommene Pension des Grauens machte ihrem Namen wirklich alle Ehre! Er glaubte, den Gong der großen Standuhr zu hören, der jedoch in dem Knarzen und Beben fast gänzlich unterging. Zweimal, dreimal, dann verstummte die Uhr, und mit ihr beruhigte sich auch der Boden unter seinem Bett wieder.

Es war Nacht. Das Mondlicht schien durchs Fenster seines Zimmers. Keine Spur von der alten Ulma Zinkenzuck und ihrem Kater. Ein Glück.

WUFF, WUFF!

Das aufgeregte Kläffen der beiden Hunde schien aus dem Hotelflur zu kommen.

»Wie seid ihr bloß aus dem Zimmer gekommen?«, murmelte Mexi, krabbelte aus dem Bett und schlüpfte in seine Turnschuhe. Ein schmaler Lichtstreifen fiel durch seine angelehnte Zimmertür. Ob das Erdbeben sie aufgerüttelt hatte?

WAU! WUFF!

Wahrscheinlich zofften sich Simba und Nala gerade mit dieser fiesen Katze. Mexi tastete sich im Dunkeln durch sein Zimmer und trat blinzelnd in den hell erleuchteten Flur. Ein seltsamer Geruch wehte ihm entgegen, der so gar nicht zu der muffigen Pension passte. Es duftete angenehm nach poliertem Holz.

Etwas verwirrt schaute sich Mexi um. Von den Ausreißer-Möpsen war nichts zu sehen, doch irgendwie wirkte das Hotel anders als zuvor. Aber Mexi war von dem ganzen Gepolter und dem Albtraum davor viel zu durcheinander, um sich darüber Gedanken zu machen. Natürlich sah alles fremd und anders aus. Er war schließlich erst eine Nacht hier.

Merkwürdig. Die Tür zum Zimmer seiner Eltern war nur angelehnt. Mexi drückte die Tür auf und wollte ihnen schon erklären, dass Simbas und Nalas nächtlicher Ausbruch nicht seine Schuld war ... doch statt im Zimmer seiner Eltern stand er in einer dunklen Abstellkammer. Besen und Schrubber lehnten an den Wänden. Der Geruch von Putzmittel hing schwer in der Luft. Aber wo waren dann seine Eltern? Nicht mal ihre Koffer waren da. Auch von Mexis Hunden fehlte jede Spur.

»Aber ... wie kann das denn sein?« Mexi überkam ein ungutes Gefühl. Ein uraltes Gefühl ganz tief drinnen, das er schon seit vielen Jahren nicht mehr gespürt hatte. Es war die Angst, allein gelassen zu werden.

»Unsinn«, sagte Mexi laut zu sich selbst. Wahrscheinlich hatte er sich bloß in der Tür geirrt! Ja, das musste es sein. Mexi stürmte auf den Flur hinaus und lachte über seinen dummen Fehler. Er musste nur die nächste Tür öffnen.

Doch auf dieser Seite des Ganges gab es keine andere Tür.

Langsam wurde Mexi die Sache unheimlich. Er atmete durch. Für all das musste es eine ganz einfache Erklärung geben. Wahrscheinlich wollten seine Eltern ihn reinlegen, weil er sich die ganze Zeit nur beschwert hatte ... Genau! Das musste es sein.

»Sehr lustig, ihr Clowns«, rief er genervt. »Ihr könnt ruhig rauskommen!«

Keine Antwort.

Mexi hörte nur das Ticken der Standuhr am Ende des Flurs. Kurz nach zwölf, Geisterstunde. Er hatte nicht einmal zwei Stunden geschlafen.

Er betrachtete die Uhr genauer. Auch sie sah anders aus, als er sie in Erinnerung hatte. Neuer. Ihr Holz glänzte im Licht der Deckenlampen, die ebenfalls verändert wirkten. Kein Staub, keine Spinnweben.

Das gibt es doch nicht, dachte Mexi und schaute sich irritiert um. *Bin ich noch in derselben Pension?*

Die Holzdielen unter seinen Füßen spiegelten, als wären sie eben erst frisch poliert worden. Der Teppich in der Mitte des Ganges leuchtete jetzt kräftig rot und sah richtig flauschig aus. Und auch die Tapeten waren nicht mehr vergilbt und abgeblättert. Im Gegenteil. Die Blumenmuster strahlten in satten Farben.

»Das kann doch nicht sein!«, rief Mexi laut.

Er musste sich irren. Wahrscheinlich hatte der Flur auch schon vorher so ausgesehen. Genau. Bei ihrer Ankunft war ihm bestimmt alles nur so miefig vorgekommen, weil er so miese Laune gehabt hatte.

Moment. Sein Zimmer! Das war *wirklich* runtergekommen gewesen. Das wusste er genau! Zur Sicherheit lief er wieder über den Flur zurück zu seiner Tür mit der Nummer 13.

Er tastete nach dem Lichtschalter. *Klick!* An der Zimmerdecke erwachte eine gläserne Deckenlampe in Form eines Blütenkelches zum Leben. Sie sah zwar aus wie aus einem vergangenen Jahrhundert, aber trotzdem nagelneu.

»Aber ...«, stotterte Mexi fassungslos. Auch sein Zimmer sah völlig verändert aus! Alles war neu und ... schön. Das alte Bett war nun ein Himmelbett aus poliertem Holz mit seidener Bettwäsche und dicken, fluffigen Kopfkissen. Die ehemals düsteren Gemälde zeigten jetzt märchenhafte Landschaften und hingen an frisch tapezierten Wänden. Leuchtend blaue Vorhänge bauschten sich vor dem Fenster. Keine Holzdiele knarrte. Der Teppich war auch hier flauschig und rot und dämpfte Mexis Schritte.

Statt des brummenden braunen Kühlschranks stand ein eleganter goldglänzender Servierwagen neben dem Bett. Auf dem Wagen befand sich eine große goldene Platte mit einer Haube, die wie ein Regenbogen schimmerte.

Ein schöner Schimmer, dachte Mexi und starrte die Glocke verträumt an. Für einen Moment vergaß er völlig, dass seine Eltern und die Möpse verschwunden waren. Es gab nur noch diesen Schimmer, der ihn zu sich lockte und ... Rührei. Er hatte auf einmal so einen Hunger auf Rührei! Extraweich. Dazu knuspriger Toast und Marmelade ...

»Mmhhh, lecker«, murmelte Mexi.

Ihm lief schon das Wasser im Mund zusammen. Wie ferngesteuert hob er die schimmernde Servierglocke an. Auf dem Teller darunter dampfte herrlich duftendes, weiches Rührei. Drei Scheiben goldgelb geröstetes Toastbrot mit Himbeermarmelade lagen daneben. Er musste einfach nur noch zugreifen, sich den Bauch vollschlagen und dann wieder in das herrlich weiche Bett kriechen ...

Mexi schüttelte den Kopf. »Nein!«, rief er. »Hier stimmt doch was nicht!« Er ließ die Servierglocke fallen und stolperte rückwärts aus dem Raum.

Sofort war der schläfrige Schleier wieder verflogen. Sein Blick fiel auf die Zimmertür. Nummer 13. Es *war* sein Zimmer ... und es war doch nicht sein Zimmer!

»Mama! Papaaaaa!«, rief er, so laut er konnte.

WUFF, WAU!

Das waren Simba und Nala! Mexi folgte dem Bellen, das über den Flur aus Richtung der Standuhr erklang. Er fand die Hunde am Ende des linken Ganges. Dort, wo gestern noch die Internet-Lounge gewesen war, stand nun ein riesiger Ohrensessel aus Leder. Daneben hatte ein polierter Holztisch den klapprigen Hocker ersetzt. Ein paar Bücher lagen ordentlich darauf. Nur das Buntglasfenster auf der anderen Seite war immer noch da. Aber das seltsame, gehörnte Gesicht aus Blättern und Hagebutten, das noch vor zwei Stunden die Augen geschlossen hatte, grinste Mexi jetzt hellwach an.

Träume ich etwa immer noch?, fragte sich Mexi.

Simba und Nala kratzten an einer mit Gold beschlagenen Holztür, die sich genau dort befand, wo vorher der orangefarbene Vorhang gewesen war, hinter dem Mexi das Katzenklo gefunden hatte.

»Da seid ihr ja!«, rief Mexi und kniete sich zu den beiden. »Mann, bin ich froh, euch zwei zu sehen! Wisst ihr, wo Mama und Papa sind?«

Die beiden Möpse sprangen an Mexi hoch und leckten ihm durchs Gesicht. Es raschelte und rumpelte hinter der Holztür – genauso, wie es bei Mexis Ankunft in seinem Zimmer und gerade bei dem Erdbeben geraschelt und gerumpelt hatte! Mexi bereitete sich schon darauf vor, dass der Boden wieder zu wackeln begann, doch alles blieb ruhig. Nur Simba und Nala kläfften und kratzten noch immer an der Tür. Sie wollten ganz offensichtlich hindurch.

Mexi richtete sich auf und nahm all seinen Mut zusammen. »Schlimmer als das Katzenklo kann es nicht sein!«, sagte er sich, drückte die goldene Türklinke herunter und zog die Tür auf.

Ein gleißend helles Licht, das in allen Farben des Regenbogens schillerte, strömte ihm entgegen. Es hüllte ihn ein wie warme Watte, in die er sich nur fallen lassen musste ... Von einem Moment auf den anderen glitt Mexi in eine sanfte, traumlose Leere hinab.

Aber er wollte nicht schlafen! Er musste doch rausfinden, was hier vor sich ging und wo seine Eltern waren!

»Wach bleiben, Mexi!«, murmelte er, doch seine Augenlider wurden immer schwerer.

Ein Stoß in den Rippen ließ ihn hochschrecken. Jemand schubste ihn zur Seite und drängte sich an ihm vorbei durch die Tür. Das grelle Licht verschwand. Was war das nur für ein Leuchten gewesen? Und hatte er es nicht schon in seinem Traum gesehen? Mexi schüttelte den Kopf und blinzelte. Langsam kam er wieder zu sich.

Hinter der Tür lag ein kleines Zimmer mit einem Klo. Nicht das Katzenklo vom Abend zuvor, sondern eine glänzende Kloschüssel für Menschen mit poliertem Holzdeckel und einem Waschbecken mit goldenem Wasserhahn. Ansonsten war der Raum leer, niemand da, der ihn hätte anrempeln können. Verwirrt drehte sich Mexi um. Simba und Nala schüttelten benommen ihre Köpfe. Hatten sie das helle Licht auch gesehen?

Aus dem Augenwinkel nahm Mexi eine Bewegung am Ende des Flurs vor der großen Standuhr wahr. War dort gerade etwas Weißes, Pelziges im Gang verschwunden? Ein buntes Leuchten schimmerte hinter der Ecke hervor, dann verschwand es ebenfalls.

»Was zur ...?«, flüsterte Mexi überrascht.

Simba und Nala liefen kläffend hinter dem Etwas her.

»Wartet!«, rief Mexi und rannte ebenfalls los. Als er um die Ecke bog, sah er den pelzigen Schatten gerade die Treppe zum Empfang hinunterwackeln. Simba und Nala waren ihm dicht auf den Fersen.

»Bei Fuß!«, zischte Mexi streng.

Die Hunde hielten überrascht an und warteten.

»Brav«, lobte Mexi, eilte zu ihnen und streichelte die beiden, die ihn aufgeregt anhechelten. Dann kauerte er sich mit ihnen an den Treppenabsatz. Gemeinsam spähten sie nach unten. Rechts lag die Rezeption, die von ihrer Position aus aber nicht zu sehen war. Und links ...

Da! Da war das weiße, pelzige Wesen. Es sah aus wie das dickste und flauschigste ... *Ding,* das Mexi je gesehen hatte. Wie aus Zuckerwatte! Das Geschöpf war etwas größer als Mexi. Es hatte niedliche schwarze Knopfaugen, und in den winzigen Pfoten trug es eine hell strahlende Laterne, deren Licht in bunten Regenbogenfarben schimmerte.

»Mach gefälligst deine dumme Lampe aus!«, rief ein Kerl mit kratziger Stimme aus den Schatten am unteren Ende der Treppe. Er klang so, wie man sich einen unfreundlichen Zwerg vorstellte. Mexi lehnte sich gefährlich weit vor, konnte aber nicht erkennen, zu wem die Stimme gehörte.

»Ich hab keine Lust einzuschlafen, nur weil du mich aus Versehen mit dem Ding anleuchtest!«, rief der Kerl mit der kratzigen Stimme. »Wenn wir wegen dir zu spät kommen, kriegst du das Fell über die Ohren gezogen, Fluffi … und ich wahrscheinlich auch!«

»Fluffi?«, flüsterte Mexi verwundert. Das war wohl der Name der weißen Gestalt mit der Laterne. Ein ziemlich bescheuerter Name, wie er fand.

»Fluppi fluff«, sagte Fluffi besorgt und pustete die Lampe aus. Er hängte sie an eine Schnur um seinen Hals, sodass sie vor seinem Wattebauch baumelte. Dann fügte er ernst hinzu: »Flubbel dubbel.«

»Was sagst du?!«, rief der Typ in den Schatten entsetzt. »Der Bengel ist von dem Beben aufgewacht?! Das ist zu viel für meine Nerven. Ich brauche dringend ein Glas Milch, wenn wir hier fertig sind! Ist der Knirps nicht auf die magische Falle mit dem Essen reingefallen? Der Fraß hätte die Möchtegern-Echse aus den Turnschuhen hauen sollen!«

Dino, nicht Echse!, wollte Mexi ihm am liebsten zurufen, hielt sich aber zurück.

»Fluppidu«, sagte das weiße Pelzknäuel und zuckte mit den Schultern.

»Jetzt schläft er?«, fragte der andere. »Bist du dir sicher? Na gut. Wir haben eh keine Zeit mehr zu verlieren! Die Eltern sind schon unterwegs, also nichts wie los!«

Mexi riss die Augen auf. Diese komischen Leute hatten seine Eltern? Aber was wollten sie denn bloß mit ihnen?

Etwas klapperte in den Schatten.

»Du nimmst den Topf, Fluffi!«, befahl der Kerl mit der kratzigen Stimme. »Wer es gekocht hat, muss es auch tragen.«

»Fluppuf«, sagte Fluffi.

Das pelzige Wesen bückte sich und hob ein schweres Ding auf, das Mexi nicht genau erkennen konnte. Fluffi stemmte es über den Kopf und schwankte damit genau in Mexis Blickfeld. Es war ein großer schwarzer Kessel, in dem eine zähe goldene Flüssigkeit hin und her schwappte. Wieder stieg Mexi ein seltsamer Duft in die Nase ... Zimt! Es war derselbe Geruch, der ihm schon bei der Ankunft aufgefallen war.

»Fluppifloppl«, schrie Fluffi panisch und taumelte hin und her.

»Nichts verschütten!«, rief der andere. »Ich bürste dir das Zeug nicht noch mal aus dem Fell! So, und jetzt ab dafür!«

Fluffi bekam den Kessel langsam wieder unter Kontrolle und setzte sich vorsichtig, Schritt für Schritt, in Bewegung, bis er aus Mexis Blickfeld verschwand.

»Die Luft ist rein!«, flüsterte Mexi seinen Möpsen zu. »Kommt! Schauen wir mal, wo die beiden hin sind.«

Simba und Nala sprangen sofort auf und rasten die Treppe hinab. Mexi schaffte es kaum, mit ihnen mitzuhalten. Am unteren Ende erwartete die drei zu Mexis Überraschung nicht die schief zusammengezimmerte Rezeption, sondern ein nobel eingerichteter Empfang. Ein kleiner Springbrunnen plätscherte mitten im Raum vor dem mit bunten Schnitzereien verzierten Tresen. Nur die goldene Buddha-Statue war dieselbe, auch wenn sie, wie alles andere, jetzt auf Hochglanz poliert war. Aber Mexi hatte keine Lust, sich genauer umzusehen. Er wollte seine Eltern finden und dem ganzen Spuk ein Ende setzen.

Der Fluffi-Kerl und der andere sind bestimmt durch die Vordertür raus!, dachte Mexi und lief zur Eingangstür der Pension, die nun ein viel prächtigeres Fenster mit bunten Glasverzierungen hatte. Er riss die Tür auf und wollte nach draußen stürmen – doch es gab kein draußen. Vor der Tür war eine Wand aus massivem Fels.

»Aber ... das gibt es doch nicht!«, stotterte Mexi und tastete ungläubig mit der Hand über die kalte Steinoberfläche. »Und ... und wo sind die beiden Typen dann hin?«

Er drehte sich zu Simba und Nala um. Sie waren verschwunden. Mexi lief im Eingangsbereich umher und suchte nach den Möpsen, doch von den Hunden fehlte jede Spur.

»Nala?«, rief Mexi besorgt. »Simbaaaa!«

Er lauschte. Keine Antwort. Der Zimtduft war noch stärker als zuvor. Der Geruch kam von goldenen Klecksen auf dem Boden. In einem der Pfützchen waren Pfotenabdrücke zu erkennen. Mopsspuren!

Die Flecken und die Spuren führten zu der Wand mit dem Kamin, der Mexi schon bei ihrer Ankunft am Abend aufgefallen war. Nun war die Feuerstelle allerdings so riesig wie ein Tor, und in ihr loderte kein gemütliches rotgelbes Feuerchen mehr, sondern die Flammen tanzten in dreifacher Größe in einem blassen Blaugrün.

Neben dem Kamin hingen Dutzende von kleinen Gemälden. Die seltsamsten Gestalten starrten Mexi an. Sie waren alle fein gekleidet, aber einige hatten drei Augen, andere waren durchsichtig wie Gespenster, und wieder andere sahen aus wie angezogene Tiere auf zwei Beinen. Mexi vermutete, dass diese Bilder Hotelgäste zeigten. Nicht die Gäste der heruntergekommenen Pension, sondern die des luxuriösen Hotels, in dem er gerade war. Aber wie konnte man denn an einem Ort einschlafen und an einem ganz anderen wieder aufwachen? Das war ganz schön unheimlich!

Mexi kniete sich eilig hin, um die Zimtspuren zu untersuchen. Die Pfotenabdrücke endeten direkt vor den lodernden Flammen. Waren die Möpse etwa ... ins Feuer gelaufen?

Gerade als er sich Sorgen machen wollte, hörte er ein dumpfes Gebell. Es klang, als würde es direkt aus dem Kamin kommen – oder aus einem Raum dahinter. Er tastete den Putz ab, schob und drückte an Bildern und Lampen herum, wie man es aus Filmen kennt, aber nichts passierte. Kein verborgener Eingang öffnete sich.

»Mist!« Hektisch drehte sich Mexi um und suchte den Raum mit den Augen nach anderen Geheimschaltern ab. Hoffentlich war den Hunden nichts zugestoßen! Wenn er nicht schnell herausfand, wie man hinter diesen Kamin kam, dann ... Aus dem Augenwinkel sah Mexi, dass sein Dino-Schwanz im Feuer lag.

»Oh nein!«, rief er vor Schreck, hüpfte zurück und wollte gerade seinen brennenden Schwanz auspusten ... aber er brannte gar nicht. Er war nicht einmal schmutzig geworden.

»Nanu?«, wunderte sich Mexi. Vorsichtig hielt er seine Hand ins Feuer. Er war schon bereit, seine Finger schnell zurückzuziehen, um sich nicht zu verbrennen, aber das war überhaupt nicht nötig. Vom Feuer ging keine Wärme aus. Es wich sogar vor seinen Fingern zurück! Die merkwürdigen Flammen teilten sich wie ein Vorhang vor Mexi.

Ein breiter Gang aus großen Steinen kam zum Vorschein. Hier mussten Simba und Nala durchgelaufen sein! Wahrscheinlich folgten sie der

Zimtspur der beiden seltsamen Gestalten. Mexi zögerte kurz, da es sich einfach falsch anfühlte, durch Feuer zu gehen. Doch dann nahm er seinen ganzen Mut zusammen und lief in den Geheimgang. Die Flammen schlossen sich lodernd hinter ihm und versperrten die Sicht auf die Hotellobby.

Auf der anderen Seite des Kamins war es kühler, und die Luft war feucht wie in einer Höhle. Das seltsame Feuer spendete unruhig flackerndes Licht, das lange Schatten erzeugte. An der rechten Wand des steinernen Ganges sah Mexi ein Holzschild. Es deutete mit einem Pfeil zurück zur Pension, aus der er gerade gekommen war.

In geschwungenen Buchstaben waren folgende Worte in das Holz geschnitzt worden: »Luxus-Pension ›Zur Menschenwelt‹ – Anreise nur an ungeraden Tagen zwischen Mitternacht und fünf Uhr morgens. Inhaberin: Ulma Zinkenzuck«. Unter dem Schild hing ein kleiner Zettel, auf dem stand: »Wegen Feiertag geschlossen!«

Soweit Mexi wusste, war heute gar kein Feiertag, aber er hatte jetzt nicht die Zeit, darüber nachzudenken, was das Schild bedeutete. Er wollte einfach nur seine Eltern finden.

WUFF!

Das musste Nala sein. Doch Mexi konnte weder sie noch Simba irgendwo entdecken. Langsam tastete er sich an der Wand entlang und ließ das Licht des Kamins hinter sich. Der Gang wurde dunkler und immer dunkler. Aber was war das dort vor ihm? Kam da nicht ein ganz sanftes Glühen aus dem Boden?

Mexi schlich weiter auf das Leuchten zu, und tatsächlich! Am Ende des Ganges befand sich ein umzäuntes Loch. Er lehnte sich vorsichtig über das hölzerne Geländer und spähte hinab. Dort führte eine Wendeltreppe nach unten. In unregelmäßigen Abständen flackerten schwache Fackeln. Eisiger Wind wehte zu ihm hinauf. Die Stufen wanden sich schier endlos in die Tiefe. Ihm wurde ganz schwindelig, und er musste aufpassen, nicht das Gleichgewicht zu verlieren.

Drei Windungen unter ihm blickte Nala aufgeregt zu ihm hoch. Sie fing an zu kläffen, als sie Mexi sah, und hüpfte aufgeregt die Stufen auf und ab. Simba dagegen gähnte nur. Wie waren die bloß so schnell da runtergekommen? Möpse waren nun wirklich nicht die besten Treppenläufer!

»Bleibt wo ihr seid!«, zischte Mexi.

»Hast du was gesagt, Fluffi?« Da war wieder die kratzige Stimme! Sie kam aus der Tiefe, von noch viel weiter unten als dort, wo die Hunde auf ihn warteten.

Mexi hielt den Atem an und hoffte, Simba und Nala würden ihn nicht verraten. Die beiden Hunde spitzten die Ohren.

»Flupp?«, antwortete die Stimme, die zu der Gestalt mit dem weißen Pelz gehörte.

»Komisch, ich dachte, ich hätte was gehört«, krächzte der andere. »Egal. Wir müssen weiter!«

Mexi lehnte sich weiter vor und kniff die Augen zusammen. Jetzt konnte er die Wesen sehen! Etwa zehn Windungen unter ihm lief Fluffi, der noch immer den Topf mit der Zimtsoße auf dem Kopf balancierte. Neben ihm rannte der andere, doch er war nicht viel mehr als ein schwarzer Schatten. Kurz meinte Mexi, einen langen Schwanz zu erkennen. Wie bei einer Katze. Doch dann verschwand die Figur auch schon wieder aus seinem Blickfeld. Die beiden mussten so schnell sie konnten die Treppe hinunterhetzen.

»Flifluff?«

»Nein, deine Laterne ist nicht kaputt!«, rief die Gestalt mit dem Katzenschwanz außer Atem. »Ich glaube, der Bengel hat einfach schon zu viele flimmernde Lichter angestarrt! Computer, Tablets, Handys! Kein Wunder, dass die Menschen immer dümmer werden. Da hast du mit deiner Schlaflampe keine Chance. Ich sag dir, früher war alles ...« Seine Stimme verhallte, als die beiden den Schacht verließen.

Simba und Nala hatten ganz offensichtlich keine Lust mehr, noch länger auf Mexi zu warten, und jagten weiter die Stufen hinunter, um die beiden Kreaturen zu verfolgen.

»Hey, wartet auf mich!« Mexi umklammerte das Geländer der Treppe und versuchte, beim Abstieg nicht nach unten zu schauen.

Anfangs bestanden die Wände des Schachts aus sauber verputzten Steinen. Doch je tiefer er hinabstieg, desto mehr Putz bröckelte aus den Fugen, und blanker Fels kam zum Vorschein. Mexi tastete sich behutsam an der Wand entlang, damit er sich seinen Onesie nicht an den scharfen Steinzacken aufriss. Simba und Nala hatte er schon lange aus den Augen verloren. Die beiden waren einfach viel schneller als er.

Nach einer Weile mischte sich ein fahles Glimmen von unten in den schwachen Fackelschein. Mexi atmete durch. Zum Glück war der dunkle Treppenschacht bald zu Ende. Er beschleunigte seine Schritte. Bloß raus

aus diesem engen Gang! Etwas zu übermütig stürzte er die letzten Stufen hinunter und rutschte auf einem Spritzer Zimtsoße aus.

»NEEEIN«, rief Mexi und landete unsanft auf seinem Hintern. »Aua!«

Wie aus dem Nichts tauchten Simba und Nala neben ihm auf. Besorgt winselnd leckten sie ihm übers Gesicht.

»Alles okay, ihr Staubsauger«, lachte er und kraulte die beiden hinter ihren Mopsohren. Immerhin waren sie am Ende der Treppe angekommen. Ein kleiner steinerner Torbogen war der einzige sichtbare Weg nach draußen. Mexi rappelte sich auf.

»Ich will jetzt endlich wissen, was hier vor sich geht!«, sagte er entschlossen und lief mit Simba und Nala durch das Tor.

Am Fuß der Schlotterspitze

Ein Schritt weiter, und Mexi wäre Hunderte von Metern in die Tiefe gestürzt. Er blieb wie angewurzelt stehen und starrte geradeaus. Vor ihm lag keine Höhle, was er erwartet hatte, nachdem er dreißig Windungen in die Tiefe hinabgestiegen war, sondern ein winziger Felsvorsprung. Simba und Nala saßen direkt an der Kante, und hinter ihnen war nichts als Nacht und Dunkelheit. Über Mexis Dino-Kopf erstreckte sich ein Himmelsdach voll leuchtender Sterne.

Seine Knie wurden ganz weich. Vorsichtig machte er einen Schritt zurück, bis er den Fels im Rücken spürte. Er drehte den Kopf seitwärts nach oben und starrte zu einem massiven Berg hinauf. Der Torbogen, durch den er soeben gekommen war, wirkte winzig im Vergleich zu all dem Stein, der sich hinter ihm auftürmte. Nicht bloß ein, sondern gleich zwei Monde standen als helle Sicheln über dem Gipfel und beleuchteten ... ein Haus? War das etwa die Pension?

»Was zum Geier ...?« Mexi rieb sich die Augen.

Es war tatsächlich die Pension! Sie erinnerte ihn noch immer an eine Kuckucksuhr, nur dass sie nun sogar auf die große Entfernung viel weniger verfallen aussah – und halb vom Stein eingeschlossen an der Spitze eines Berges klebte, statt auf einem kleinen Hügel in einem düsteren Wald zu stehen.

Daher also der lange Abstieg, dachte Mexi.

Die Pension musste genau wie er in diese komische Welt hinübergewechselt sein. Vielleicht war das Erdbeben daran schuld? Seit wann Erdbeben einen in andere Welten brachten, wusste er allerdings nicht. Aber er hatte auch noch nie von kaltem Feuer, weißen Pelzwesen oder zwei Monden gehört. Ihm blieb also nichts anderes übrig, als auch die Pension auf die länger werdende »Liste der unglaublichen Dinge« zu setzen.

Ein kräftiger Windstoß riss ihm die Dino-Kapuze vom Kopf. Die Luft hier roch anders, viel frischer als in der Stadt oder im Wald ... Mexi schüttelte den Kopf und rückte die Kapuze wieder zurecht. Jetzt war nicht die Zeit, um im Wind zu schnuppern. Er musste erst einmal herausfinden, wo er gelandet war. Danach konnte er sich noch immer Gedanken darüber machen, wieso ganze Häuser plötzlich woanders auftauchten.

Vorsichtig ließ er sich auf die Knie sinken und näherte sich auf allen vieren langsam den beiden Hunden, die am Rand des Felsvorsprungs warteten. Als er die Spitze des Vorsprungs erreicht hatte und nach unten sah, verschlug der Ausblick ihm beinahe die Sprache.

»WAAAAAS?«, keuchte er.

Unter ihm lag ein riesiges Tal. Ein im Sternenlicht glitzernder Fluss schlängelte sich durch satte Grashügel und Wälder, aus denen die Köpfe bläulich schimmernder Riesenpilze ragten. Das Tal schien bewohnt zu sein. Mexi erspähte beleuchtete Bauernhöfe und kleine Dörfer. Hinter dem Wald am Fuße des Berges erhob sich eine größere Siedlung, über der unzähllige leuchtende Punkte schwebten.

Ein Schwarm weiß gefiederter Vögel flog über den nächtlichen Himmel. Um ihre schlanken Körper waren Ledergurte gebunden, mit denen sie Netze voller Kürbisse durch die Luft transportierten. Die Vögel flogen in Richtung einer gewaltigen Mauer. Sie erstreckte sich weit hinten am Horizont, und aus ihrer Mitte ragte ein beleuchteter Turm in die Höhe, größer als alle Hochhäuser, die Mexi je gesehen hatte. Seine Spitze schien den Himmel zu berühren. Jemand musste dort ein rauschendes Fest feiern, denn ein Feuerwerk blitzte rund um das Gebäude auf.

»Wegen Feiertag geschlossen«, flüsterte Mexi. Das hatte auf dem Schild am geheimen Eingang zur Pension gestanden. War das der Grund für die Show? Was wurde dort wohl gefeiert?

Gebannt betrachtete er die farbenfroh explodierenden Funkenwolken am Nachthimmel. Das Knallen der Feuerwerkskörper drang wegen der großen Entfernung nur leise und einen Tick verspätet zu seinem Felsvorsprung hinauf.

Ohne Hilfe würde er seine Eltern niemals finden. Das Land war viel zu groß! Seine einzige Hoffnung war dieses komische Fellknäuel mit der Laterne und sein seltsamer Freund. Aber wo waren die beiden geblieben? Irgendwie mussten sie ja von diesem Berg runtergekommen sein.

Das Bellen seiner Hunde schreckte Mexi aus seinen Gedanken. Simba und Nala hatten einen weiteren Spritzer Zimtsoße aufgespürt.

Natürlich!, dachte Mexi. Wenn es ums Essen ging, waren die platten Näschen der beiden verfressenen Möpse unschlagbar. Und so gierig, wie sie den Fleck aufleckten, schmeckte ihnen das Zeug. Darum waren sie die Treppe so hinabgezischt. Sie mussten den Zimtduft gerochen haben.

Mexi rappelte sich auf und schob sich vorsichtig, eine Hand immer am Felsen, zu ihnen hinüber.

»Such, Nala! Such, Simba!«, rief er und zeigte auf den Soßenspritzer. Die Möpse schauten ihn fragend an. »Los! Sucht! Dann finden wir Fluffi und den anderen. Und die werden wissen, wo Mama und Papa sind!«

So, wie die Hunde losbellten, hatten sie verstanden. Für einen Moment schnupperten sie in der Luft, dann zischten sie um einen Felsbrocken herum. Mexi riss erschrocken die Augen auf. Es ging doch überall steil bergab! Trotzdem stürzte er ihnen nach, und zu seiner Erleichterung führte hinter dem Felsen tatsächlich ein winziger Weg bis hinunter ins Tal.

Mexi schluckte. Es gab kein Geländer, und neben ihm ging es Hunderte Meter weit in die Tiefe.

»Ihr wollt wirklich, dass wir *da* runtergehen?«, fragte er die beiden Hunde, die ihn hungrig anhechelten. Mexi lächelte, auch wenn ihm die

Knie schon wieder weich wurden. »Wenn's um Fressi geht, seid ihr auf einmal richtig mutig, was?«

Er gab sich einen Ruck, drückte sich um den Brocken herum, und sie begannen mit dem Abstieg. Der Weg war schmal, und überall lagen wacklige Steine. Sie mussten höllisch aufpassen, nicht abzurutschen und in die Tiefe zu stürzen. Mit dem Rücken gegen die Felswand gepresst, schob sich Mexi Schritt für Schritt weiter. Zum Glück spendeten die Sichelmonde genug Licht. Nur von Fluffi und seinem Kumpan war nichts zu sehen.

Vorsichtig tapsten Simba und Nala voraus. Ab und zu kläfften sie aufgeregt, wenn sie einen weiteren Spritzer Soße entdeckten, und Mexi ließ sie den Fleck auflecken. Nach und nach wurde der Pfad breiter und mündete schließlich in einen flacheren Steinweg. Sie waren zwar noch immer hoch über dem Boden, doch zumindest konnten sie hier besser laufen. Ein kleines Schild zeigte in die Richtung, aus der sie gekommen waren.

»Schlotterspitze«, las Mexi. Kein Wunder, dass die so hieß. Seine Beine waren immer noch ganz wackelig vom Abstieg.

Je tiefer sie kamen, desto häufiger sah Mexi die bläulich leuchtenden Pilze aus den Felsspalten sprießen. Als er einen mit dem Finger anstupste, puffte aus seinem Schirmchen ein glitzerndes Pulver und erfüllte die Luft mit zimtigem Geruch.

»WOOOOW«, flüsterte Mexi. »Riecht hier etwa alles wie Mamas Pfannkuchen?«

Nach einem schier endlosen Marsch hatten sie das Tal endlich erreicht. Die Leuchtpilze wuchsen hier immer größer und zahlreicher, bis Mexi staunend durch einen ganzen Wald glühender Pilze lief, die die Nacht erhellten. Etwas weiter voraus des Weges, unter dem Schirm eines baumgroßen Champignons, erspähte er zwei Schemen, die ihm nur allzu bekannt vorkamen.

Mexi befahl Simba und Nala, unter einem schimmernden Knollenpilz Platz zu machen. Die Hunde gehorchten und legten sich brav hin. Mexi selbst schlich sich etwas näher an die seltsamen Gestalten heran und versteckte sich hinter einem baumstammdicken Pilzstiel. Von hier aus konnte er die beiden Wesen unbemerkt beobachten.

Fluffi saß auf dem Boden und hatte den Topf mit der Zimtsoße neben sich auf einem Leuchtpilz abgestellt, der so groß war wie ein Medizinball. Der Kerl mit der kratzigen Stimme lief ungeduldig vor ihm auf und ab. Endlich konnte Mexi ihn richtig erkennen. Der andere hatte nicht nur einen Katzenschwanz. Er *war* eine Katze! Zu Mexis Erstaunen stand er auf zwei Beinen und trug einen Lederriemen mit einigen aufgenähten Taschen über der Brust. Ein struppiges Fellbüschel schmückte seinen Nacken. Merkwürdigerweise kamen seine Augen Mexi bekannt vor. Grün und Gelb blitzten sie im Zwielicht unter den schummrig leuchtenden Pilzen. Kein Zweifel: Das war Buckel! Der Kater von Oma Zinkenzuck aus der Pension! Auch wenn er nun so groß war wie Mexi selbst ... und sprechen konnte, was gar nicht in Mexis Kopf reinwollte.

»Genug ausgeruht, Fluffi! Wir müssen weiter«, maunzte Buckel. »Du bist der lahmste Puffel, den ich kenne.«

Fluffi ist also ein Puffel, dachte Mexi. Was immer das auch war. In dieser Welt schien alles möglich zu sein.

»Duppi schluff«, schmollte Fluffi.

»Es ist mir egal, wie schwer der Topf ist«, antwortete Buckel. »Wir müssen uns beeilen.«

»Schlupp dup!«, sagte Fluffi fordernd.

»Dir beim Tragen helfen?«, rief Buckel empört »So weit kommt's noch. Ich trage doch schon die Verantwortung! Als Sonderbeauftragter für das Friedensfest muss ich solche einfachen Arbeiten nicht machen!«

»Dubbi schluff«, erwiderte der Puffel niedergeschlagen. Er stand auf und wuchtete den Topf wieder auf seinen Kopf. »Dubbi lubbi du!«, sagte er beleidigt, als ein Schwall Soße aus dem Topf auf den Boden schwappte.

»Pass doch auf!«, fauchte Buckel.

»Schlupp schlupp«, sagte Fluffi traurig, als er die golden schimmernde Pfütze vor seinen Füßen betrachtete.

»Schon gut. Halb so schlimm. Noch haben wir mehr als genug. Lass uns einfach weitergehen«, beruhigte Buckel den Puffel. »Und mach besser etwas Licht. Aber kein Schlaflicht! Dieses Pilzgefunzel reicht mir nicht ...«

Fluffi pustete in die Laterne, die um seinen Hals hing. Eine kleine Flamme leuchtete auf. Anders als vorher in der Pension brannte sie aber nicht in Regenbogenfarben, sondern in flackerndem Gelb.

Mexis Kopf summte vor lauter Fragen. Wie konnte unter der schäbigen Pension ein ganzes Land liegen, mit Himmel und Sternen und zwei Monden? Seit wann gab es Pilze, die so groß wie Bäume waren, leuchteten und nach Zimt rochen? Was um alles in der Welt sollte ein Puffel sein, wieso konnten Katzen sprechen und auf den Hinterbeinen laufen, und wohin wollten die beiden bloß mit der Soße? Das ergab doch alles gar keinen Sinn!

Egal! Mexi zwang seine Gedanken, Ruhe zu geben. Er musste unbedingt mit Fluffi und Buckel reden und sie nach seinen Eltern fragen. Alles andere war jetzt unwichtig. Allerdings traute er sich nicht ganz. Der Kater schien ziemlich fies zu sein, und so fauchend, wie er daherredete, war sicher nicht mit ihm zu spaßen. Und der Puffel konnte ihn mit seiner Laterne umgehend ins Land der Träume befördern – wenn er das richtig verstanden hatte –, womit weder ihm noch seinen Eltern geholfen wäre.

Mexi lehnte sich mit dem Rücken gegen den Pilzstamm und atmete tief durch, um Mut zu sammeln. Er hatte gar keine andere Wahl, als die komischen Wesen zur Rede zu stellen. Außerdem hatte er ja wohl das Recht zu erfahren, was hier vor sich ging!

Mexi nickte, raffte sich auf und trat entschlossen aus seinem Versteck – aber er hatte zu lange gezögert. Die beiden waren bereits verschwunden. Mexi erspähte Fluffis glimmende Laterne zwischen zwei Riesenpilzen.

»Simba! Nala!«, zischte er leise. »Bei Fuß. Wir müssen hinter ihnen her!« Er wollte auf keinen Fall zu viel Lärm machen. Wer wusste schon, was in diesem Wald noch alles für Kreaturen herumstreiften?

Die Möpse kamen hechelnd zu ihm gelaufen, und zusammen nahmen sie die Verfolgung auf. Verzweifelt versuchte Mexi, Buckel und Fluffi auf den Fersen zu bleiben und das schaukelnde Licht der Puffel-Laterne nicht aus den Augen zu verlieren. Doch das war gar nicht so leicht, denn je tiefer Mexi und die Hunde in den Leuchtewald vordrangen, desto größer und heller wuchsen die Pilze aus dem Boden. Überall in der Luft schwebten ihre glitzernden Sporen. Bei all dem Gefunkel dauerte es nicht lange, bis Mexi die Laterne des Puffels nicht mehr von den anderen Lichtern unterscheiden konnte.

»Verdammt!«, fluchte er und suchte den Boden nach Soßenspuren ab, konnte aber keine entdecken. Wahrscheinlich trug Fluffi den Topf jetzt vorsichtiger, nachdem er schon so viel verschüttet hatte. Mexis einzige Orientierung war Buckels kratzige Stimme, die jedoch mit jeder Minute leiser durch den Pilzwald schallte. Nach einer Weile verstummte sie ganz.

Mexi wusste nicht mehr weiter. Noch nie in seinem Leben hatte er sich so verloren gefühlt. In Games wusste er immer, wo das nächste Ziel war. Aber hier in dieser Welt gab es keine Maps, keine NPCs oder Tutorials, die ihm halfen, wenn er nicht mehr weiterwusste. Hier war er auf sich gestellt.

Mexi seufzte. Der zimtige Geruch der Pilzsporen erinnerte ihn noch immer an die berühmten Pfannkuchen seiner Mutter, die sie jeden Sonntag für ihn und seinen Vater zubereitete. Was sollte er bloß tun, wenn er die beiden nicht wiederfand?

Er brauchte Hilfe. Sonst würde er ewig in diesem Tal herumirren. Allein und ohne Aussicht darauf, jemals wieder nach Hause zu kommen. Und was sollte dann aus seinem armen Kumpel Furdis werden? Ohne ihre gemeinsamen Zock-Sessions machte das Leben doch nur halb so viel Spaß.

Tränen stiegen Mexi in die Augen. Simba und Nala kuschelten sich tröstend an seine Beine. Eine ganze Weile standen sie so da, und Mexi hatte schon alle Hoffnung aufgegeben, als eine besonders große Pilzspore in seine Nase flog und ihm ein donnerndes *Hatschi* entfuhr.

FLOTSCH.

Direkt vor Mexi war ein weißes, knubbeliges Etwas auf den Boden gefallen. Er schaute nach oben. Ein Netz aus weißen Fäden verband die Schirme der Pilze miteinander. Sie verzweigten sich über Mexis Kopf zu dicken Knoten, die wie Klumpen aus Marshmallows aussahen. Einer von ihnen war gerade vor ihm auf den Boden geplatscht.

Merkwürdig, dachte Mexi. *Das Ding bewegt sich ja.*

Er näherte sich vorsichtig dem kleinen Haufen. Ja, auch von Nahem ähnelte der Klumpen zerknautschten, aneinanderklebenden Marshmallows. Bei genauerem Hinschauen bemerkte Mexi, dass sie wie zwei kleine Männchen aussahen, jeweils etwa so groß wie seine Hand. Er konnte Köpfe und Bäuchlein und knubbelige Ärmchen und Beinchen erkennen ...

»Whoa!«, rief Mexi erschrocken, als die zwei kleinen Knubbelwesen blinzelnd zum Leben erwachten. Sie sprangen auf, ohne sich loszulassen, und hüpften gemeinsam im Kreis herum. Nein. Sie *tanzten* auf ihren kurzen Stummelbeinchen umher.

Simba und Nala zögerten erst angesichts dieser komischen Darbietung, doch dann zischten sie los und jagten dem Tanzpaar kläffend hinterher. Das Ganze sah so knuffig aus, dass Mexi sich das Lachen nicht verkneifen konnte.

FLOTSCH, FLOTSCH, FLOTSCH.

Mexi schaute sich verwundert um. Sein Lachen musste die anderen Knubbelwesen in ihren Nestern aufgeweckt haben. Überall ließen sie sich in kleinen Grüppchen auf den Boden fallen und erwachten zum Leben. Es dauerte nicht lange, bis Hunderte von ihnen wie bei einem großen Tanzball umhertanzten. Manchmal klebten nicht nur zwei, sondern drei oder sogar noch mehr der Knubbelwesen zusammen und schleuderten einander wie verrückte Drehkreisel über den Boden. Einige der Wesen warfen sich gegenseitig in die Luft, um sich auf diese Art fortzubewegen, oder kugelten übereinander hinweg. Andere hingen in langen Strängen wie Lianen von den Schirmen der Riesenpilze und schaukelten hin und her. Es war eine einzige große Knubbel-Party, und Mexi befand sich mittendrin.

Simba schien der Trubel wenig auszumachen. Entspannt kratzte er sich mit dem Hinterbein am Ohr. Nala jedoch wollte sofort mitmischen. Übermütig sprang sie einer Gruppe Knubbelwesen hinterher, die sich hüpfend an den Händen und Beinen hielt. Mexi wusste, wie verspielt die kleine Mopsdame war – und wie verfressen –, daher sah er das Schlimmste schon kommen.

»Nala, aus!«, rief er, doch zu spät.

Freudig stürzte sich Nala auf die weißen Gestalten und hielt sie mit ihren tapsigen Pfoten fest. Wild zappelnd versuchten sich die Knubbelwesen zu befreien, doch sie klebten nicht nur aneinander, sondern jetzt auch an Nalas Pfote. Verwundert hob die Hündin ihr Vorderbein, um die Knubbel abzuschütteln. Auf drei Beinchen hopste sie umher, während sich die klebrigen Wesen zappelnd immer weiter in ihrem Fell verhedderten. Auch mit einem Schlabbern der rauen Mopszunge waren sie nicht loszuwerden. Wie in Zeitlupe beobachtete Mexi daraufhin das Unvermeidliche. Ein spitzes Zähnchen kam zum Vorschein, und Nala knabberte einem der Knubbel ins Bein.

Sofort hielten alle Gestalten ruckartig inne, drehten sich auf der Stelle zu Nala um und warfen ihre Ärmchen empört wedelnd in die Luft.

»Nala, aus!«, befahl Mexi erneut, kniete sich hin und zupfte die dankbar dreinschauenden Knubbelwesen sanft vom Bein seines Hundes. Sogleich ließen die anderen Wesen ihre Ärmchen sinken. Sie drehten sich noch einmal im Kreis, dann verschwanden sie blitzschnell in allen Richtungen des Leuchtewalds. Die Vorstellung schien vorbei zu sein.

Schade, dachte Mexi und rieb sich die klebrigen Finger am Onesie sauber. Nur ein Knubbelpärchen war geblieben. Zwei besonders runde Gesellen. Sie waren an den Armen miteinander verbunden und schauten Mexi neugierig an.

»Ihr habt nicht zufällig einen sprechenden Kater und einen weißen Puffel mit einem Topf voll Zimtsoße gesehen, oder?«, fragte Mexi.

Die kleinen Gestalten blickten einander an und kicherten kurz. Dann sprangen sie in die Luft und liefen in den Pilzwald hinein. Nach ein paar Metern blieben sie stehen und winkten Mexi zu. Sie wollten wohl, dass er ihnen folgte.

»Komm, Simba. Komm, Nala. Hinterher!«, rief er.

Immer weiter, immer tiefer folgten sie dem Knubbelpärchen in den Pilzwald hinein. Mexi fürchtete schon, von den Wesen in die Irre geführt worden zu sein, doch dann hörte er eine fauchende Stimme in der Nähe.

»Mach die blöde Laterne aus, Fluffi. Die Pilze sind jetzt wirklich hell genug!«

Kein Zweifel. Das war Buckel! Es gab also noch Hoffnung für Mexi.

Lächelnd sah er zu den beiden Knubbelwesen hinunter. »Danke euch! Ihr habt mir echt geholfen«, sagte er.

Die Knubbel sprangen zur Antwort vergnügt in die Luft und machten einen Salto. Dann wuselten sie, immer im Kreis tanzend, zwischen den Beinen der Möpse umher und verschwanden schließlich im Leuchtewald.

Mexi fühlte sich schon viel besser. Er war froh, dass in dieser merkwürdigen Welt auch freundliche Wesen existierten.

Yuki

Buckel und Fluffi standen auf einer großen Lichtung. Auf der Wiese wuchsen riesige Pusteblumen, die träge ihre schweren Köpfe hängen ließen. Geisterhafter Nebel waberte im hohen Gras und leuchtete festlich im Licht der Pilze, die sich in einem sauberen Kreis ringsherum aufreihten. Mexi musste nur noch einen Schritt auf die Lichtung machen, die beiden fremdartigen Gestalten nach seinen Eltern fragen, und dieser ganze Spuk hätte endlich ein Ende!

Er straffte seine Schultern, rückte seine Dino-Kapuze gerade und – hatte nicht mit Simba und Nala gerechnet. Die Hunde hatten die Witterung der leckeren Soße aufgenommen und liefen kläffend voran.

»Was zum ...?«, hörte er Buckel fauchen.

Die Hunde rannten auf ihn zu und sprangen um ihn und den Puffel herum. Mexi sprintete hinterher, wich einer Gruppe von Pusteblumen aus und kam vor Buckel und Fluffi zum Stehen.

Der Kater blickte die Neuankömmlinge erstaunt an. Simba hatte sich hingesetzt und beobachtete Buckel mit schief gelegtem Kopf. Nala war zu Fluffi getapst und schnupperte an seinem flauschigen Fell. Wahrscheinlich wollte sie noch mehr von seiner leckeren Zimtsoße, die er immer noch im Topf auf seinem Kopf balancierte. Fluffi starrte die Hündin mit weit aufgerissenen Augen an.

»Dibbel Dabbel!«, rief er ängstlich.

Der arme Puffel zitterte so sehr, dass Mexi schon befürchtete, er würde gleich den Topf fallen lassen.

»Ruf deine Bestien zurück!«, fauchte Buckel.

»Simba, Nala, bei Fuß!«, sagte Mexi.

Nala schaute sich enttäuscht nach ihm um. Die Hündin wollte wohl Freundschaft mit Fluffi schließen. Trotzdem tapste sie gehorsam zurück zu Mexi. Auch Simba erhob sich gemächlich, kehrte zu Mexi zurück und machte es sich im Gras neben ihm bequem.

»Du brauchst keine Angst vor Nala haben«, erklärte Mexi, der beim Anblick von Fluffi ein schlechtes Gewissen bekam. Die Knopfaugen des Puffels funkelten feucht im Licht der Laterne, die immer noch um seinen Hals baumelte. Er zitterte fürchterlich. Mit einer pelzigen weißen Pfote wischte er sich eine Träne aus dem Augenwinkel. Wie zur Bestätigung hechelte Nala den Puffel freundlich an.

»Was macht die Eidechse denn hier?«, mischte sich Buckel patzig ein.

»Ich bin noch immer keine Eidechse!«, polterte Mexi beleidigt zurück. »Ich bin ein Dino. Und ich will wissen, wo meine Eltern sind!«

»Deine Eltern?«, fragte der Kater forsch. »Du hast dich doch eh nur über sie geärgert, oder nicht? Sei doch froh, dass du sie los bist.«

»Aber ...«, protestierte Mexi, doch irgendwie hatte Buckel recht. Er hatte sich immer nur beschwert. Aber das hieß doch nicht, dass Mexi seine Eltern nicht mochte oder sie sogar loswerden wollte! Wie konnte ihm Buckel bloß so etwas unterstellen?

Der Kater breitete die Arme aus. »Die Welt hier sieht vielleicht bunt und freundlich aus. Aber glaub mir, das ist sie nicht. Und ich bin's schon gar nicht! Also, warum glaubst du, dass ich dir helfen will? Mach die Mücke. Wir haben's eilig!«

Buckel wollte sich schon umdrehen und ihn einfach stehen lassen, aber Mexi griff nach dem Riemen, den der Kater über der Brust trug, und hielt ihn fest. Er konnte gar nicht glauben, dass er sich gerade wirklich mit einer sprechenden Katze stritt, die sich weigerte, ihm zu helfen.

»Du weißt, wo meine Eltern sind! Ich habe gehört, wie ihr über sie geredet habt!«

»Lass los!«, rief Buckel. »Wir haben keine Zeit für deinen Unsinn! Will das nicht in deinen Dickschädel?« Der Kater miaute und zerrte an seiner Tasche, bis Mexi losließ.

»Was machst *du* denn hier?«, erklang plötzlich eine fremde Stimme aus Richtung des Waldes.

Mexi drehte sich um und blickte in die hellbraunen Augen eines Mädchens. Sie war ungefähr in seinem Alter, und kleine Katzenohren wackelten in ihren dunklen Haaren.

Erschrocken wich er zurück.

»Ganz ruhig!«, sagte das Mädchen und hob beschwichtigend die Hand. An ihrem Arm funkelte ein Sternenanhänger an einem Stoffband im Licht der Pilze. »Ich tu dir nichts.« Während sie sprach, blitzten spitze Eckzähne auf, die Mexi noch mehr verunsicherten als ihre Ohren.

»Yuki?«, rief der Kater ertappt. »Äh ... gut, dass du hier bist! Diese Möchtegern-Eidechse und ihre Kläffer verfolgen uns!«

»Dino!«, protestierte Mexi wieder einmal.

»Stimmt das wirklich?«, fragte Yuki an Fluffi gewandt, der daraufhin hastig nickte. Sie drehte sich zu Mexi und stemmte die Hände in die Hüften. »Warum machst du das?«, fragte sie ernst.

»Ich wusste nicht, was ich tun soll ...«, stammelte Mexi kleinlaut.

Yuki schaute ihn mitleidig an. Irgendwie kam sie ihm bekannt vor ...

»Moment mal!«, sagte er. »Ich habe dich schon mal gesehen! Mit dem Kater zusammen im Wald, als ich mit meinen Eltern bei der Pension angekommen bin! Da war Buckel eine normale Katze. Und du warst ein normaler Mensch!«

»Normal?«, fauchte Buckel. »Muss ich mir etwa von dem Menschen da sagen lassen, was er für normal hält?!«

»Ich meine *anders*«, erklärte Mexi hilflos. »Du hast *anders* ausgesehen. Und sie auch.«

»Yuki«, antwortete das Mädchen. »Mein Name ist Yuki. Und ja, du hast recht. Auf der anderen Seite, also in der Menschenwelt, sind wir anders. Buckel ist ein kleiner Kater auf vier Pfoten, der nicht mit anderen spricht. Und ich bin dort ein Mensch ohne sichtbare Katzenohren. Wir wollen schließlich nicht unnötig auffallen.«

»Nicht?«, wunderte sich Mexi, dem es meistens ganz egal war, ob er irgendwo auffiel oder nicht. »Aber was bist du denn, wenn du kein Mensch bist?«

Sie zuckte mit den Schultern. »Ich bin eine Hexe. Der struppige Kater hier ist mein Onkel. Von seiner Seite der Familie stammen die Ohren.«

»Graf Buckel von den Carabas-Hügeln bitte schön«, sagte Buckel und verbeugte sich halbherzig vor Mexi. »Kaum erfreut, du Dino-Bengel.«

»Und wie heißt du?«, fragte Yuki.

Mexi überlegte kurz und verbeugte sich ebenfalls. »Baron Mexi von den Zocker-Hügeln«, sagte er grinsend. Angeben wie Buckel konnte er schon lange.

Yuki lachte. Ihr Onkel hingegen schien keinen Spaß zu verstehen.

»Du ein Baron? Unsinn!«, fauchte er.

»Und die zwei Rollmöpse gehören zu dir?«, fragte Yuki und schaute fasziniert zu Simba und Nala hinunter.

»Das sind keine Rollmöpse«, erwiderte Mexi stolz. »Das sind 1A Sportmöpse!«

»Schluss jetzt!«, meckerte Buckel ungeduldig. »Wir haben keine Zeit für euren Kinderkram. Wir haben etwas Wichtiges zu erledigen! Auf Nimmerwiedersehen!«

Er kehrte Mexi den Rücken zu und marschierte zusammen mit Fluffi und dem Soßentopf über die Lichtung davon.

»Hey, wo wollt ihr denn überhaupt hin?«, rief Yuki den beiden verwundert hinterher.

»Das ist geheim und nichts für Kinder!«, schallte Buckels Stimme zurück. »Kümmere dich lieber um deinen neuen Spielgefährten!«

»He!«, protestierte Yuki. »Ich bin kein Kind mehr!«

Doch Fluffi und der Kater waren schon im Pilzwald verschwunden.

»Ist *das* wirklich dein Onkel?«, fragte Mexi.

»Komplizierte Geschichte«, seufzte Yuki.

»Und was ist mit der Pension?«, wollte Mexi wissen, der froh war, *endlich* jemanden zu haben, mit dem er normal reden konnte. »Warum hat sie sich über Nacht verändert? Und wie bin ich hierhergekommen? Und was ist das hier überhaupt für ein Ort? Und ...«

Yuki fasste Mexi am Ärmel und zog ihn mit sich. »Es tut mir echt leid, aber du weißt jetzt schon zu viel. Ich muss dich zurückbringen. Die Pension wechselt in ein paar Stunden in deine Welt zurück. Dann darfst du auf keinen Fall mehr hier sein.«

»Nein«, sagte er forsch und riss sich los. »Meine Eltern sind verschwunden, und ich glaube, sie sind irgendwo in dieser Welt. Dein Onkel weiß, wo sie sind, das habe ich genau gehört!«

»Deine Eltern?«, wunderte sich Yuki und blickte ihn ernst an. »Bist du dir sicher?«

»Ja, ganz sicher«, bestätigte Mexi. »Ich habe die beiden in der Pension über sie reden hören, deswegen bin ich ihnen gefolgt.«

»In der Pension?«, hakte Yuki nach. »Kann es nicht einfach sein, dass deine Eltern nachts einen Spaziergang gemacht haben?«

Mexi schüttelte den Kopf. »Auf keinen Fall. Ihr Zimmer und alle ihre Sachen waren auch verschwunden. Buckel meinte, sie wären schon ›unterwegs‹, aber er wollte mir nicht sagen, wohin. Es scheint ihm ganz egal zu sein!« Eine einzelne Träne bildete sich in Mexis Augenwinkel. Wütend wischte er sie mit dem Ärmel seines Dino-Onesies weg. »Ich kann sie doch nicht einfach zurücklassen!«, rief er hilflos.

»Oh, dieser Buckel!« Yuki verschränkte die Arme vor der Brust. »Hör zu, du hast recht. Wir müssen deine Eltern finden. Aber für Menschen ist es hier supergefährlich. Und für kleine Hunde auch. Also weicht ab jetzt nicht mehr von meiner Seite, verstanden?«

Mexi nickte dankbar. Simba und Nala setzten sich auf und hechelten, als hätten sie jedes ihrer Worte verstanden.

»Dann los«, sagte Yuki. »Wir klären die Sache mit deinen Eltern, und dann müsst ihr sofort wieder in eure eigene Welt.« Sie lief entschlossen in die Richtung voran, in der Buckel und der Puffel verschwunden waren. »Ich glaube, ich weiß, wohin sie wollen.«

Die Wahre Welt

Mexi und die beiden Möpse folgten dem Mädchen mit den Katzenohren. Sie war ganz schön flott unterwegs. Mexi war zwar einer der Schnellsten in seiner Klasse, aber sogar er hatte Mühe, mit ihr Schritt zu halten.

»Alle sind verrückt geworden wegen dieses seltsamen Feiertags«, murmelte Yuki nachdenklich.

Sie hatten die Lichtung mit den Pusteblumen hinter sich gelassen und waren wieder im Pilzwald.

»Was ist das denn für ein Feiertag?«, fragte Mexi.

»Das ›Fest des Ewigen Friedens‹«, antwortete Yuki und verdrehte die Augen. »Es findet nur alle hundert Jahre statt.«

»Und du musst nicht zum Fest?«, wunderte sich Mexi.

»Nein, ich *darf* nicht zum Fest«, schnaubte Yuki. »Meine Oma sagt, dass das Fest des Ewigen Friedens nichts für Kinder ist. Und meinen Onkel hast du ja gerade gehört ...«

Sie schnipste frustriert mit den Fingern, und ein kleiner Kiesel flog durch die Luft, als hätte sie dagegengetreten. Nala sprang dem Steinchen nach und schnupperte neugierig daran, während Simba müde neben Mexi hertrottete und von dem Kunststück nichts mitzubekommen schien.

»Wie hast du *das* denn gemacht?!«, fragte Mexi verwundert.

»Was?« Yuki blickte ihn verdutzt an, als hätte sie keine Ahnung, wovon er sprach.

»Das mit dem Kiesel!« Mexi zeigte auf den Boden. »Als du geschnipst hast, ist der einfach weggeflogen!«

»Ach, das!«, rief Yuki und lachte. Sie schnipste erneut, zweimal schnell hintereinander. Diesmal flogen zwei Kiesel nach links und rechts in die Büsche. Nala konnte sich gar nicht entscheiden, welchem Steinchen sie zuerst hinterherspringen sollte.

»Das ist nur Magie«, sagte Yuki, als wäre es nichts. »Hat mir meine Oma beigebracht. Ich kann unbelebte Dinge genau neunzehn Komma drei Zentimeter weit bewegen. Voll nutzlos, oder?!«

»*Voll nutzlos!?*«, rief Mexi. »Yuki, ich habe schon Leute gesehen, die in Videogames innerhalb von nur zehn Sekunden eine ganze Festung bauen, aber das hier übertrifft alles!«

»Ja, klar!«, winkte Yuki lachend ab. »Das ist *nur* nützlich, wenn meine Oma was aus dem obersten Fach im Küchenregal braucht. Wenn ich keine Junghexe mehr bin, bringt sie mir hoffentlich coolere Sachen bei.«

»Deine Oma ist also eine echte Hexe?«, fragte Mexi interessiert.

»Ja«, nickte Yuki. »Die berühmte Oma Zinkenzuck.«

»Oma Zinkenzuck ist deine *echte* Oma, und sie ist eine *echte* Hexe?!«, rief Mexi fassungslos.

»Brüll doch nicht so!«, zischte Yuki warnend. »Es gibt hier Wesen im Leuchtewald, denen du nicht begegnen willst. Schattenschlürfer, Schimpfwespen und Schreckschlangen ... Die sollten uns besser nicht hören.«

Mexi schaute sich vorsichtig um. Das schummrige Licht der Leuchtpilze erschien ihm schauriger als zuvor.

»Meine Oma ist eine *gute* Hexe«, erklärte Yuki. »Wahrscheinlich sollte ich dir das alles gar nicht erzählen, weil du ein Mensch bist ...« Sie senkte ihre Stimme zu einem Flüstern. »Oma Zinkenzucks Pension ist eine Verbindung zwischen der Welt der Menschen und dieser Welt. Ich schätze, sie hat dich und deine Eltern wegen des Feiertags aus dem Blick verloren. Normalerweise würde sie niemals Menschen in unsere Welt lassen.«

»Was genau ist diese Welt denn überhaupt?«, fragte Mexi.

»Wir nennen sie die *Wahre Welt*«, sagte Yuki. »Sie ist die Welt der Fabelwesen, Geister und Magie. Immer, wenn Menschen in ihrer Welt etwas Fantastisches sehen, sagen sie einfach nur ›Unglaublich!‹ und denken nicht mehr dran. Aber all das, woran sie sie nicht mehr glauben, landet irgendwann hier. So heißt es jedenfalls in den Legenden.« Sie zuckte mit den Schultern.« Darum gibt es hier viele unglaubliche Dinge zu bewundern. Schönes, aber auch viel Böses. Und weil die Menschen die Bewohner hier vergessen haben, sind deine Artgenossen auch nicht besonders beliebt. Sie machen irgendwie immer alles kaputt.«

»Unglaublich!«, staunte Mexi.

»Siehst du?«, rief Yuki halb empört und halb aus Spaß.

Mexi wurde rot. »Sorry ...«

»Und weil Menschen hier nicht gerne gesehen sind, wäre es *wirklich* besser, wenn wir deine Eltern so schnell wie möglich finden und ich euch zurück zur Pension bringe«, sagte Yuki ernst. Ihr linkes Katzenohr zuckte nervös. »Man kann nur nachts an ungeraden Tagen zwischen den Welten wechseln. Sonst steckt ihr hier fest.«

Mexi nickte. »Danke, dass du uns hilfst.«

»Ach, ich wollte ohnehin wissen, was es mit diesem Feiertag auf sich hat!« Yuki lachte abenteuerlustig. Ihre Augen funkelten. »Wenn meine Oma *und* Onkel Buckel sagen, dass es nichts für Kinder ist, muss es etwas Spannendes sein!«

»Und wenn es *wirklich* nichts für Kinder ist?«, fragte Mexi etwas besorgt. »Was dann?«

»Siehst du hier Kinder?« Yuki zwinkerte ihm zu.

Mexi musste grinsen. Jetzt verstand er, worauf sie hinauswollte. »Nee. Ich sehe nur eine Profi-Hexe, einen Pracht-Dino und zwei Sportmöpse.«

Yuki lachte. »Ich glaube, wir beide werden uns gut verstehen.«

Nach einer Weile des Plauderns und Wanderns hob Yuki die Hand, damit Mexi stehen blieb. Sie spitzte ihre Katzenohren. Auch Mexi lauschte. Seltsame Geräusche hallten durch den Pilzwald. Waren das etwa die Schattenschlürfer, von denen Yuki erzählt hatte? Doch auch wenn Mexi nicht wusste, wie sich diese Monster anhörten, solche lustigen Melodien gaben sie sicher nicht von sich. Das war Musik! Und ausgelassenes Lachen. Es klang, als würden sich irgendwo Leute prächtig amüsieren.

»Weißt du, was das ist?«, flüsterte Mexi.

»Keine Ahnung«, überlegte Yuki. »Hier in der Nähe gibt es eigentlich nur Wald und Felder.« Ein Grinsen vertrieb die Nachdenklichkeit aus ihrem Gesicht. »Aber es klingt nach Spaß! Wer als Letzter am Waldrand ist, ist ein fauler Dino!«, rief sie und rannte los.

»Wohl eher eine lahme Katze!«, antwortete Mexi und lief ihr hinterher. »Zeigt ihr, dass ihr die schnellsten Möpse der Welt seid!«, feuerte er seine Hunde an.

Das ließ sich Nala nicht zweimal sagen und holte schnell zu Yuki auf, die geschmeidig wie eine Katze den Waldweg entlangsprintete. Simba allerdings lief keinen Schritt schneller, als er musste, um mit Mexi mitzuhalten. Der Mops wollte sich eindeutig nicht mehr anstrengen als nötig. Zu zweit fielen sie weiter und weiter zurück.

»Wie unhöflich …«, schnaufte Mexi zu sich selbst. »Zweibeinige Dinos sind eben nicht so schnell!«

Yuki und Nala hatten bereits den Rand des Leuchtewalds erreicht und spähten zwischen den letzten großen Pilzstengeln hindurch in die Ferne, als Mexi und Simba völlig außer Atem bei ihnen ankamen.

»Ich geb's zu«, keuchte Mexi und lehnte sich gegen einen Pilz. »Du hast gewonnen. Aber wenn du so was wie eine Katze bist, dann zählt das gar nicht. Das ist fast wie Cheaten! Und überhaupt kann man hier im Wald kaum was sehen, so viel Licht spenden diese Pilze echt nicht, und …«

»Redet euer Herrchen immer so viel?«, fragte Yuki Simba und Nala. Die Hunde wufften kurz. Es klang wie ein Ja.

»Hey!«, protestierte Mexi und wischte sich den Schweiß von der Stirn. »Auf wessen Seite steht ihr eigentlich?«

Simba, der nach dem vorangegangenen Sprint ein wenig aus der Puste war, ließ sich auf den Hintern plumpsen und grinste Mexi mit heraushängender Zunge an. Nala hingegen warf sich vergnügt auf den Rücken und wälzte sich im Moos, wobei sie alle vier Pfoten von sich streckte.

Mit gespielter Empörung warf Mexi die Arme in die Luft. »Das war ja klar, ihr beiden. Das merk ich mir!«

»Psssst, sei mal leise«, zischte Yuki.

Er schwieg und lauschte. Ja, da waren die Geräusche wieder! Musik und Lachen ... viel lauter als vorhin. Mexi hockte sich neben Yuki.

»Buckel und Fluffi sind bestimmt dahin unterwegs!« Yuki zeigte aus dem Wald heraus.

Hinter einem Feld aus schulterhohem Getreide, das wie die Wellen des Meeres im nächtlichen Wind schaukelte, konnte Mexi die Dächer eines hell erleuchteten Dorfes erkennen. Er hatte diese Siedlung schon vom Berg aus gesehen! Schwärme aus bunten Lampions zogen über die Häuser hinweg. Feuerwerksraketen zischten zwischen ihnen durch die Luft und hinterließen einen Schweif aus Funken. Das Gelächter, das sie gehört hatten, kam von merkwürdigen fliegenden Gestalten, die wie Düsenjets in dem bunten Treiben umherschossen.

»Das sind jetzt aber nicht diese Schimpfwespen, oder?«, fragte Mexi halb im Scherz.

»Nee, das glaube ich nicht«, antwortete Yuki lachend.

»Auch keine Schreckschlangen?«

Yuki schüttelte grinsend den Kopf. »Keine Sorge, Mexi. Das sind nur Hexen.«

Mexi machte ein überraschtes Gesicht und schluckte. »*Nur* Hexen?«

Er kniff die Augen zusammen. Stimmt. Das waren eindeutig Besen, auf denen die Gestalten durch die Luft sausten. Obwohl er Märchen eigentlich für Kinderkram hielt, stiegen bei diesem Anblick doch Erinnerungen an Geschichten in ihm auf, die seine Eltern ihm früher vorgelesen hatten. In denen besaßen die meist hakennasigen Damen einen ziemlich schlechten Ruf.

»Keine Bange!« Yuki klopfte Mexi auf die Schulter. »Ich bin auch eine Hexe, schon vergessen?«

»Hast recht«, gab Mexi zu. »Aber hast du nicht auch gesagt, dass die Leute hier Menschen nicht mögen?«

Yuki überlegte kurz und musterte Mexi in seinem grünen Dino-Onesie. »Ja, die meisten Hexen können normale Menschen nicht ausstehen. Aber zum Glück bist du kein Mensch!«

»Bin ich nicht?«, wunderte sich Mexi.

Yuki lachte. »Nee! Wenn jemand dich fragt, sag einfach, dass du ein Grasdrache bist.«

»Ich dachte, ich bin ein Dino ...«, sagte Mexi etwas verunsichert.

»Das glaubt dir hier keiner«, winkte Yuki ab. »Jeder weiß, dass Dinosaurier schon lange ausgestorben sind! Aber grüne Grasdrachen gibt es. Sie sind nicht allzu groß und essen am liebsten saftiges grünes Gras. Daher ihr Name.«

»Ich bin ein Grasdrache?«, fragte sich Mexi leise.

Irgendwie gefiel ihm die Vorstellung gar nicht, dass er so tun sollte, als wäre sein Dino-Onesie irgendetwas anderes als eben ein Dino. Auf der anderen Seite kannte sich Yuki in dieser verrückten Welt eindeutig besser aus als er. Auch wenn er sie gerade erst kennengelernt hatte, er vertraute ihr. Und sie schien die einzige Chance zu sein, seine Eltern zu finden. Daher entschuldigte er sich in Gedanken bei seinem Lieblings-Onesie und nickte entschlossen.

»Na gut! Ich bin ein Grasdrache!« Er fletschte die Zähne und knurrte.

Yuki kicherte. »Gar nicht so schlecht! Aber Grasdrachen können nicht sprechen. Und knurren tun sie auch nicht. Sie fauchen.«

Mexi fauchte probeweise. Er klang dabei wie ein heiseres Katzenbaby.

»Äh, ja. Perfekt.« Yuki log ganz offensichtlich.

»Ob dein Onkel und der Soßen-Fluffi auch wirklich zu dem Dorf unterwegs sind?«, fragte Mexi.

Yuki zuckte mit den Schultern. »Ich weiß es nicht. Normalerweise ist hier keine Siedlung ...«

Nala bellte los. Sie hielt ihre Mopsnase in den Wind und schaute schnuppernd auf die Ebene hinaus. Etwas oder jemand bahnte sich dort einen Weg durch die wogenden Halme und bewegte sich auf die Lichter des Dörfchens zu. Für einen Augenblick tauchte der schwarze Topf auf dem Kopf des Soßen-Fluffis aus dem Getreidemeer auf, nur um kurz darauf wieder abzutauchen.

»Da hinten sind sie!«, rief Mexi.

»Komm, wir haben keine Zeit zu verlieren!« Mit einem Satz sprang Yuki ins hohe Getreidefeld und rannte los. »Im Feld haben wir keine

Chance, sie zu finden. Wir müssen sie im Dorf abfangen!«, rief sie Mexi über die Schulter zu.

»Schon wieder Sport?«, seufzte er, gab sich aber einen Ruck. Gemeinsam mit den Möpsen rannte er über die Wiese in Richtung der bunt funkelnden Explosionen über dem Dörfchen.

Gerade als er zu Yuki aufgeschlossen hatte, kam ein Windstoß aus Richtung des Leuchtewaldes und fuhr durch die Halme um sie herum. Der Rückenwind gab Mexi einen kräftigen Schubs, und so war es viel leichter für ihn, mit der jungen Hexe mitzuhalten. Mexi konnte sich ein Lächeln nicht verkneifen. Er breitete die Arme aus, als wären sie die Tragflächen eines Flugzeugs. Für einen Moment schien es ihm, als würden sie auf dem Wind durch die Nacht reiten.

Nur für Hexen!

Mexi war es, als hätte ihn das Getreide ausgespuckt. Mit einem Mal hatten sie das Ende des Feldes erreicht, und er stolperte hinaus auf einen staubigen Weg.

»Achtung, Mexi!« Yuki kam überraschend vor ihm zum Stehen, und er musste ausweichen, um nicht in sie hineinzulaufen. Er strauchelte, verlor das Gleichgewicht und schlitterte auf seinem Bauch durch den Sand. Simba und Nala liefen zu ihm und leckten ihm das Gesicht.

»Uff!« Mexi rieb sich den Kopf.

»Alles in Ordnung?«, fragte Yuki besorgt und half ihm auf die Beine.

Mexi klopfte sich den Staub von seinem Onesie und blickte sich um. »Klar. Wir Dinos ... äh, Grasdrachen sind hart im Nehmen!«

Sie standen vor einer dicken, hohen Mauer, die das Dorf umgab. Feuerwerk explodierte über ihnen am Himmel und prasselte funkelnd auf die Dächer der kleinen Ortschaft herab. Hexen sah Mexi gerade keine, aber immer wieder erschallte ihr lautes Kichern aus dem Dorf. Irgendwo spielte eine fröhliche Jahrmarktsmelodie. Ein pfeilförmiges Schild, auf dem »Eingang« stand, zeigte rechts die Mauer entlang.

Mexi kratzte sich am Kopf. »Vielleicht sind Buckel und Fluffi da langgegangen?«

»Finden wir es heraus!«, antwortete Yuki entschlossen.

»Meintest du nicht, es gibt hier nur Wald und Felder?«, fragte Mexi, während sie den beiden Hunden hinterhergingen, die dem Weg an der Mauer entlang folgten.

»In unserer Welt muss man immer auf Überraschungen gefasst sein«, sagte Yuki. Ihre Augen funkelten abenteuerlustig. »Da können auch mal Häuser oder ganze Dörfer magisch verschwinden und woanders wiederauftauchen.«

»So wie die Pension deiner Oma?«, wunderte sich Mexi.

»Jepp!« Yuki nickte. »Omi hat ihre Pension so verzaubert, dass sie zwischen unseren Welten hin- und herspringt.«

Er versuchte vergeblich, sich ein herumhüpfendes Haus vorzustellen.

Yuki bemerkte seinen verwirrten Gesichtsausdruck. »Ihr Haus ist wie eine Fähre, die von der einen Seite eines Flusses zur anderen fährt«, erklärte sie. »Damit auch die Bewohner dieser Welt mal einen Kurzurlaub machen können. Das gesamte Haus wechselt seine Position immer an ungeraden Tagen, und zwar zwischen Mitternacht und fünf Uhr morgens. Dann taucht es auf der Schlotterspitze auf.«

»Stimmt, das Schild habe ich gesehen«, erinnerte sich Mexi. »Aber fällt in meiner Welt denn niemandem auf, wenn die Pension nachts einfach verschwindet?«

Yuki kicherte. »Gute Frage. Wahrscheinlich treiben sich einfach zu wenig Leute in der Gegend herum, um es überhaupt zu bemerken. Oder man hält sie für verrückt, wenn sie davon erzählen, weil so etwas ja komplett *unglaublich* ist.«

»Und damit die Gäste aus der Menschenwelt von der ganzen Sache nichts mitbekommen, hypnotisiert sie der weiße Puffel in ungeraden Nächten mit seiner Laterne?«, fragte Mexi.

»Nur wenn sie unruhig schlafen«, antwortete Yuki.

Mexi merkte, dass ihr das Thema etwas unangenehm war.

»Aber normalerweise will Omi sowieso nicht so viele Gäste aus der Menschenwelt zu Besuch haben. Darum sieht ihre Pension bei euch auch so heruntergekommen aus.« Sie legte die Stirn in Falten, was ihre Katzenöhrchen wackeln ließ. »Aber aus irgendeinem Grund wollte sie ausgerechnet jetzt mehr Werbung machen. Sie hat mich sogar gebeten, ihr zu helfen, das Internet wieder zum Laufen zu bringen, damit sie Werbemails verschicken kann.«

»So eine E-Mail hat meine Mama auch bekommen!«, erinnerte sich Mexi. »Weißt du denn, warum sie wieder mehr Menschen als Gäste haben wollte?«

»Das frage ich mich auch.« Sie seufzte. »Aber es hat *fünf* Tage gedauert, ihr zu erklären, wie das mit den E-Mails funktioniert!«

»Gibt es hier auch Internet, oder wieso kennst du dich damit so gut aus?«, wollte Mexi wissen.

»Ich bin in beiden Welten zu Hause!« Yuki zwinkerte ihm zu. »Genau wie Omis Pension.«

Ehe Mexi das Mädchen weiter ausfragen konnte, hatten die beiden Möpse den Eingang in das seltsame Dorf gefunden. Sie saßen geduldig unter einem Torbogen, auf dem in bunten Buchstaben die Worte »Hexenflugpark« blinkten. Darunter stand der Zusatz: »Der Mega-Flugspaß! NUR für Hexen!«

»Ein Hexenflugpark?!«, rief Yuki begeistert. »Der ist bestimmt wegen des Feiertages hier!«

»Was ist denn ein Hexenflugpark?«, grübelte Mexi.

Aber Yuki war schon unterwegs zu einem beleuchteten Kassenhäuschen, das am Parkeingang stand. Mexi und die beiden Hunde folgten ihr.

In der Holzbude saß ein ernst dreinblickender Mann mit einem beeindruckenden Schnurrbart und einem noch beeindruckenderen Kinn. Mexi hätte den Kassierer fast für einen Menschen gehalten, doch er leuchtete bläulich und ... ja, er war so durchsichtig wie eine Seidengardine! Ganz klar, das war ein waschechter Geist! Mexi tat sein Bestes, ihn nicht anzustarren. Sicherheitshalber zog er sich die Kapuze seines Onesies etwas tiefer ins Gesicht.

»Hallo! Haben Sie meinen Onkel und seinen Freund gesehen?«, fragte Yuki den Geisterkassierer. »Einen Kater und einen Puffel mit einem Kessel Zimtsoße auf dem Kopf.«

»Und ob ich die beiden gesehen habe!«, rief der Geist wütend. »Sie sind hier einfach reinmarschiert, ohne ein Ticket zu kaufen! Und so was am Tag des Friedensfestes! Das ist Einbruch, ganz klar. Es ist genau wie damals, als ich noch einen Körper hatte. Und ein Haus! Da sind ständig irgendwelche *Kinder* eingebrochen!« Er sprach das Wort »Kinder« voller Abscheu aus. »Bei einem dieser Überfälle bin ich vor Schreck die Treppe zum Keller hinabgestürzt und habe mir den Hals gebrochen!« Er wackelte mit dem Kopf, und tatsächlich sah sein Hals ziemlich geknickt aus. »Und jetzt bin ich hier und muss diesen Eingang bewachen, wo sich schon wieder Einbrecher herumtreiben, die ...«

Yuki unterbrach ihn mit einem lauten Räuspern. »Wir müssen da auch rein«, sagte sie entschlossen.

Der Geist zeigte genervt auf das Schild über dem Eingang. »Nur für *echte* Hexen! Und ihre Hexenhaustiere. Jedoch kein Einlass für Junghexen, Halbhexen, Möchtegern-Hexen und Cosplay-Hexen.«

»Aber ich *bin* eine echte Hexe!«, rief Yuki empört. »Ich bin Magistra Magika zehnten Ranges!« Sie wühlte in der Tasche ihrer Shorts, zog ein zerknittertes Stück Papier heraus und hielt es ihm triumphierend vor die Geisternase. »Sehen Sie? Das ist mein Hexenausweis.«

»Frau Zinkenzuck?«, sagte der Kassierer verblüfft. »Ich hätte schwören können, dass Sie noch eine Junghexe sind.« Er schaute zu Mexi. »Und was ist *das* da?«

»Das ist mein Grasdrache«, log Yuki, ohne eine Miene zu verziehen. Mexi war beeindruckt, wie gut sie flunkern konnte.

»*Das* soll ein Grasdrache sein?« Der Geist zog eine Augenbraue hoch. Er glitt durch die Wand des Kassenhäuschens und direkt auf Mexi zu. Simba und Nala knurrten, doch der Kassenwart ignorierte sie und schaute sich unbeeindruckt den angeblichen Grasdrachen von Nahem an.

Mexi blickte nicht auf. Unter seiner Kapuze hervor konnte er sehen, dass die Stiefel des Kassierers dicht über dem Boden schwebten.

»Grün ist er ja ...«, sagte der Geist wenig überzeugt und flog um Mexi herum. »Aber warum faucht er nicht? Ich dachte immer, Grasdrachen würden fauchen?«

Mexi versuchte zu fauchen, aber er hörte sich wieder wie ein süßes heiseres Kätzchen an.

»Dein Haustier klingt, als hätte es Drachenschnupfen«, sagte der Kassierer herablassend. »Der soll ja hoch ansteckend sein.« Er zwirbelte seinen Geisterschnurrbart.

Mexi traten Schweißperlen auf die Stirn. Wenn dieser Typ sie nicht durchließ, hatten sie ein echtes Problem. Buckel und Fluffis Vorsprung vergrößerte sich von Minute zu Minute. Irgendetwas musste er doch tun können, um den Kassierer zu überzeugen! Hektisch blickte er sich um. Nichts. Nala hockte neben ihm und schaute den Geist skeptisch an. Simba kaute sabbernd an einem Büschel Gras.

Oh nein, dachte Mexi automatisch. *Wenn er zu viel Gras frisst, wird ihm immer schlecht!*

Doch mit einem Mal erinnerte er sich daran, was Yuki über Grasdrachen gesagt hatte: dass sie Gras fressen! Sofort rupfte er eine Handvoll grüner Halme aus dem Boden und stopfte sie sich in den Mund. Sand knirschte zwischen seinen Zähnen, während er kaute. Ein ekelhaft bitterer Geschmack legte sich über seine Zunge. Mexi hatte Mühe, das Gesicht nicht zu verziehen, sondern weiterhin so auszusehen, als wäre Gras seine absolute Leibspeise.

Der Geist beobachtete ihn interessiert. Er schien regelrecht darauf zu warten, dass Mexi fertig gekaut hatte und runterschlucken würde. Mexi blieb daher nichts anderes übrig, als den Grasbrei so laut wie möglich hinunterzuwürgen.

»Na ja«, sagte der Kassierer schulterzuckend. »Er faucht, ist grün und frisst Gras. Mehr weiß ich über Grasdrachen eh nicht. Sie können ihn mit reinnehmen, Frau Zinkenzuck. Und die komischen Dinger da auch.« Er zeigte auf Simba und Nala. »Haben Sie einen Besen dabei, oder wollen Sie einen leihen?«

»Leihen, bitte!«, presste Yuki hervor. Es sah so aus, als würde sie jeden Moment losprusten müssen vor Lachen.

Der Geist wühlte unter der Kasse herum und zog dann einen struppigen Besen hervor, den er Yuki in die Hand drückte.

»Das ist unser letzter«, sagte er streng. »Gehen Sie bitte sorgsam mit ihm um. Das macht dann sechs Gammelrüben oder vier orangene Flopperflossen oder drei Blananen oder zwei Hexentaler oder einen Tag Ihrer Lebenszeit oder ...«

»Ich habe Hexentaler dabei!«, rief Yuki und legte zwei Münzen auf den Tresen. »Danke!«

»Viel Spaß«, sagte der Geist, als ob er noch nie in seinem Leben – oder in seinem Tode – Spaß gehabt hätte.

»Danke!«, antwortete Mexi, ohne nachzudenken.

Der Geist riss seine durchsichtigen Augen auf. »Hat dein Grasdrache gerade *gesprochen*?!«

Yuki schob Mexi schnell durch das Eingangstor. »Unsinn!«, rief sie mit hochrotem Kopf. »Grasdrachen können doch gar nicht sprechen!«

»Aber ...!«, wollte der Kassierer noch protestieren, doch Mexi und Yuki liefen bereits über eine Straße aus Kopfsteinpflaster tiefer ins Dorf hinein. Simba und Nala trotteten treu hinter ihnen her.

Von innen sah der Hexenflugpark aus wie eine kleine Stadt aus dem Mittelalter, voll verschlungener Gassen und Fachwerkhäuschen. Unzählige Laternen spendeten warmes Licht, wobei nur wenige an einem festen Haken hingen. Die meisten Lampen flogen einfach frei in der Luft herum, wie es ihnen gerade passte.

»Der Kassierer wäre dir fast auf die Schliche gekommen, Mexi!« Yuki lachte. »Aber deine Idee mit dem Gras war genial!«

»*Mir* auf die Schliche gekommen?«, fragte Mexi gespielt vorwurfsvoll. »Hast *du* mir nicht erzählt, dass du eine Junghexe bist?«

»Ja, vielleicht habe ich grade auch etwas geschwindelt ...«, gab Yuki zu. »Ich habe meinen Hexenausweis gefälscht.« Sie grinste stolz.

Mexi traute seinen Ohren kaum. »Gefälscht?!«

»Na klar«, sagte Yuki lässig. »Das machen alle so. Die besten Filme im Hexenkino sind nicht für Junghexen freigegeben. Die meisten Zutaten für Tränke erst recht nicht. Und hier wären wir auch nicht reingekommen!«

Mexi wollte Yuki gerade fragen, ob es denn so einfach war, Hexenausweise zu fälschen, aber da sausten aus einer Seitenstraße drei kichernde Gestalten in dunklen Gewändern vorbei. Es waren eindeutig Hexen! Sie rasten mit einem solchen Affenzahn auf ihren Besen zwischen den Häusern hindurch, dass Mexi ganz schwindelig wurde. Im Flug bewarfen sich die lachenden Frauen auch noch mit wild umherflatternden Hühnern! Eines von ihnen landete direkt neben Mexi und gackerte ihn verdutzt an, ehe es flügelschlagend das Weite suchte. Die Hexen bretterten über Mexi und Yuki hinweg, ohne sie zu bemerken, und verschwanden kichernd und schreiend in einer anderen Gasse.

»Was machen *die* denn?«, staunte Mexi.

»Spaß haben!«, rief Yuki. »Hier können sich die Hexen mal ganz ungestört austoben.« Sie sprang auf den Leihbesen. »Los, steig auf!«

»Was?!«, rief Mexi entsetzt. »Mir wird doch schon ganz übel, wenn ich Achterbahnvideos gucke!«

»Komm schon!«, forderte Yuki ihn auf. Ihre Ohren zuckten vor Aufregung. »Aus der Luft finden wir Buckel und Fluffi bestimmt im Handumdrehen. Und dann fragen wir sie, wo deine Eltern sind!«

»Na gut ...« Zögerlich nahm Mexi Simba unter den rechten Arm, Nala unter den linken und stieg vorsichtig hinter Yuki auf den Besen.

»Ist das auch wirklich sicher?«, fragte er mit zitternder Stimme.

»Keine Sorge!« Yuki umklammerte den vorderen Teil des Besenstiels fest mit den Händen, winkelte die Beine an und duckte sich wie eine Motorradfahrerin vor der Beschleunigung. »Ich habe schon *drei* Bücher über das Besenfliegen gelesen!«

»Gelesen?!«, kreischte Mexi. »Heißt das, du hast noch nie ... Woah!«

Yuki schnalzte dreimal mit der Zunge. *WUSCH!* Mexi sah sie nur noch wie eine Silvesterrakete auf dem Besen davonzischen. Er selbst blieb breitbeinig stehend mit den Möpsen unter dem Arm auf der Straße zurück.

»Vielleicht hätte ich mich festhalten müssen ...«, murmelte er und setzte Simba und Nala wieder auf den Boden.

»Hüahahahaha«, hörte er Yuki rufen, als sie mit dem Besen um eine Hausecke sauste und verschwand.

»Kommt!«, rief er den Möpsen zu. »Wir müssen ihr helfen!«

Sie rannten durch die verwinkelten Gassen und Straßen des Flugparks. Mal sahen sie Yuki am anderen Ende dieser oder jener Straße vorbeirasen, mal donnerte sie direkt über Mexis Kopf hinweg und ... und lachte dabei wie eine ... nun ja ... wie eine verrückte Hexe eben.

»Abrakadabrahahaha!«, rief sie. »Ist das heftig. Aber ich weiß nicht, mit welchem Zauberspruch man anhäääääält!«

Im nächsten Moment war sie schon wieder verschwunden. Dafür stürzten jetzt drei andere Hexen schreiend vom Himmel herab, direkt in Mexis Richtung. So wild, wie die drei aussahen, wollte er ihnen lieber aus dem Weg gehen. Er schnappte sich Simba und Nala und duckte sich rasch hinter eine Hausecke.

Die Hexen bremsten knapp über dem Boden ab. Staub wirbelte auf. Sie schwebten auf ihren Besen, nur wenige Meter von Mexi entfernt.

»Habt ihr das auch gehört, Schwestern?«, rief eine von ihnen. Ihre Haut war grau wie ein Pflasterstein, und die Spitze ihres Hexenhutes kringelte sich genauso seltsam wie ihre Hakennase.

»Ja, Graulinde!«, rief eine der anderen beiden. Sie war kleiner als ihre Schwestern und blau wie ein Schlumpf. In einem Holzkäfig auf ihrem Rücken flatterten ein paar Hühner herum. »Eine Anfängerin! Unglaublich, wie die Göre uns in der Luft geschnitten hat. Das dürfen wir uns nicht gefallen lassen, oder, Rothilde?«

»Wir werden unseren Spaß mit ihr haben, Blaugunde!«, kicherte die dritte Hexe. Spindeldürr war sie, und ihre Haut war so rot und runzlig wie eine vertrocknete Erdbeere. Im Gegensatz zu ihren Schwestern trug sie keinen Hut auf dem Kopf, stattdessen hatte sich eine pechschwarze Eule in ihrem Haarschopf eingenistet.

»Auf, Schwestern! Schnappen wir sie uns!«, schrie sie. Dann sausten alle drei wild kichernd in die Richtung, in die Yuki verschwunden war.

»Ein Hoch aufs Fliegen!«, rief Graulinde.

»Ein Hoch aufs Streichespielen!«, rief Blaugunde.

»Ein Hoch auf das Fest des Ewigen Friedens!«, rief Rothilde.

Mexi musste Yuki unbedingt warnen, dass die Hexen sie suchten, doch zwei andere Gestalten liefen soeben über das Kopfsteinpflaster an ihm vorbei. Es waren Buckel und Fluffi! Sie hatten ihn nicht bemerkt.

»Wartet auf uns!«, rief Buckel den drei Hexen hinterher und hielt den Daumen hoch wie ein Anhalter. »Ihr müsst uns zu Oma Zinkenzuck fliegen! Es geht um Leben und Tod!« Doch die Hexen hörten ihn nicht. Der Kater warf frustriert die Pfoten in die Luft. »Diese dummen Hexen!«, rief er wütend.

Fluffi atmete schwer, und von seinem weißen Fell rann der Schweiß. Der Topf, den er noch immer auf dem Kopf trug, musste unheimlich schwer sein.

»Dubbi …«, keuchte er und blieb stehen. »Dubbidu.«

»Pause?!«, rief Buckel und lief zu ihm zurück. »Wir können doch jetzt keine Pause machen! Wenn du etwas fitter wärst, wären wir jetzt auch nicht so spät dran!«

Mexi nahm all seinen Mut zusammen und stapfte mit seinen Hunden auf den schwarzen Kater und den Puffel zu.

»Hey!«, rief er.

Buckel fuhr erschrocken herum und rempelte dabei Fluffi an. Der Kessel auf dem Kopf des Puffels wackelte bedrohlich hin und her und kippte dann, langsam, wie in Zeitlupe, in Richtung Boden.

»Dubbelduuuuuuuu!«, rief Fluffi panisch.

Scheppernd fiel der Topf auf das Straßenpflaster. Ein Schwall goldener Soße ergoss sich über den Boden. Von dem überwältigenden Zimtgeruch wurde Mexi ganz schwindlig – und die Möpse wurden ganz aufgeregt! Sofort stürmten sie auf die Pfütze zu.

»Du Knirps schon wieder!?«, rief Buckel Mexi verärgert zu. »Sieh nur, was du angerichtet hast!« Der Kater zeigte empört auf den umgestürzten Topf.

Fluffi hockte bitterlich weinend neben dem großen Soßenfleck und versuchte, die Hunde zu verscheuchen. Die interessierte das aber natürlich nicht die Bohne. Simbas Zunge schlabberte längst durch die goldene Flüssigkeit, und Nala stapfte mit ihren kleinen Pfoten darin herum, als spielte sie in der schönsten Wasserpfütze der Welt.

»Duhuhuhu«, jammerte der Puffel. Tränen, so dick und zähflüssig wie Zuckerguss, flossen über sein weißes Fell.

»Der arme Fluffi!«, fauchte Buckel. »Die Soße war sein Leben. Hundert Jahre hat er sie für das Fest des Ewigen Friedens in Oma Zinkzucks Küche gerührt. Und jetzt stapfen deine Hunde drin herum!«

»Hundert Jahre?«, fragte Mexi geschockt und pfiff nach den Hunden. Simba schaute ihn kurz über die Schulter hinweg an, bevor er sich dazu entschloss, den Pfiff zu ignorieren. Nala reagierte erst gar nicht.

Buckel leckte sich über die Pfote. »Ja. Hundert Jahre auf kleiner Flamme! Erst nach 99 Jahren und 364 Tagen des Rührens entfalten sich alle Aromen der kostbaren Soße. Ach, was rede ich mir die Schnurrhaare krumm. Du wirst es eh nicht verstehen!«

Da hatte der Kater recht. Mexi hatte keine Ahnung, was hier vor sich ging und warum er sich mit einem sprechenden Kater um eine uralte Soße streiten musste. Für ihn war nur eine Sache wichtig.

»Sagt mir doch bitte endlich, wo meine Eltern sind!«

WUSCH!

Ein heftiger Windstoß wehte Sand in Mexis Augen und ließ ihn blinzeln. Es krachte. Er duckte sich, und als er wieder aufsah, war Buckel verschwunden und die Tür im Haus neben Mexi zertrümmert. Aus dem Innern des Gebäudes fauchte, fluchte und miaute es ganz aufgeregt. Yuki kam aus der Tür gelaufen. Sie hatte den Leihbesen in der Hand und sah von ihrem ersten Flug etwas zerzaust aus, doch sie grinste stolz. Buckel lief hinter ihr und rieb sich murrend den Katzenkopf.

»Du bist absichtlich in mich reingeflogen!«, beschwerte sich der Kater.

»Was soll ich denn machen, wenn ihr einfach vor uns weglauft?«, verteidigte sich Yuki. »Außerdem habe ich noch nicht herausgefunden, wie man landet!« Sie blickte sich suchend um. Als sie Mexi sah, winkte sie ihm lächelnd zu.

»Meine blauen Flecken könnte ich ja noch verschmerzen!«, fauchte Buckel und baute sich neben Fluffi auf. »Aber deine Rüpel-Echse hat Fluffis kostbare Soße ausgekippt!«

»Du Armer«, sagte Yuki und tätschelte dem traurigen Puffel den Kopf.

»Das war ich nicht!«, verteidigte sich Mexi.

Buckel sah ihn eindringlich an. »Ihr dummen Kinder habt keine Ahnung, was hier auf dem Spiel steht. Wenn wir ohne Soße beim Fest des Ewigen Friedens aufkreuzen, dann gibt es Krieg!«

Mexi und Yuki horchten auf. Sogar Simba und Nala ließen kurz von der Zimtpfütze ab und spitzten die Ohren.

»Jetzt übertreibst du aber, Onkel!«, sagte Yuki.

»Das ist doch nur eine Soße«, stimmte Mexi ihr zu.

»Nur eine Soße!« Buckel lachte spöttisch. »Nein. Von dieser Soße hängt das Gelingen des ganzen Friedensfestes ab! Was meint ihr, warum wir es so eilig haben? Damit die Soße rechtzeitig beim Friedensfest ist! Aber ohne Soße ist alles verloren!«

»Duhuhuhu!« Fluffi brach wieder in Tränen aus.

Yuki schaute Mexi hilflos an. Für einen Moment schwiegen alle Anwesenden. Dann kam Mexi eine Idee.

»Was ist mit Magie?«, rief er aufgeregt.

»Keine Magie der Welt kann uns Fluffis handgemachte Soße ersetzen«, seufzte Buckel. »Hundert Jahre hat er darin gerührt! Hundert lange Jahre ...«

»Wer sagt denn was von Ersetzen?«, rief Mexi.

Yuki blickte ihn ratlos an.

»Na, neunzehn Komma drei Zentimeter?«, versuchte ihr Mexi auf die Sprünge zu helfen.

Jetzt stellten sich die Katzenohren des Mädchens auf. Endlich hatte Yuki verstanden! Sie nickte lächelnd und drückte dem verdutzten Buckel ihren Besen in die Hand. Dann hockte sie sich neben den Soßenfleck und schnipste mit den Fingern.

SCHWAPP!

Kurz, als wäre er lebendig, zog sich der dickflüssige goldene Fleck zusammen. Fluffi hörte auf zu schluchzen, und auch Buckel blickte überrascht auf. Nala machte einen Satz nach vorn, um die leckere Soße nicht entkommen zu lassen. Simba schaltete nicht so schnell und ließ seine Zunge ausgiebig über den staubigen Boden schlabbern. Erst als er den Sand in sein Maul befördert hatte, merkte er, dass die Soße fort war. Angewidert schüttelte er den Kopf und ließ seine rosa Zunge raushängen, um den Straßenschmutz wieder loszuwerden.

Yuki atmete tief ein und schnipste noch zweimal.

SCHWIPP, SCHWAPP!

Wieder bewegte sich die goldene Masse, auch wenn Nala versuchte, sie mit ihren Vorderpfoten festzuhalten. Diesmal schwappte die Soße ein ganzes Stück weiter in Richtung Topf. Fluffi sprang begeistert von einem Bein aufs andere und klatschte mit seinen Krallenpfötchen.

»Du schaffst es, Yuki!«, feuerte Mexi sie an.

»Jetzt lenk sie doch nicht ab«, keifte Buckel genervt.

Mexi sah kleine Schweißperlen auf Yukis Stirn. Das Zaubern verlangte offensichtlich höchste Konzentration. Wieder schnipste sie, aber jetzt dreimal hintereinander.

SCHWIPP, SCHWAPP, SCHWUPP!

Mit einem letzten großen Satz schwappte die Zimtsoße in den Kessel zurück. Nala starrte verdutzt auf ihre blitzeblanken Pfoten. Kein einziger Spritzer war ihr geblieben. Fluffi griff nach den Henkeln des Topfes und richtete ihn auf, bevor die Soße wieder herauslaufen – oder das Mopsmädchen hineinspringen konnte.

»Dubbel dibbel!«, jubelte er und umarmte erst Yuki und dann den Topf. »Dubbel dibbel duuuuu!«

»Genial!«, rief Mexi.

»Wuff …!«, maulte Simba mürrisch.

»Danke, Yuki«, sagte Buckel ernst.

»Es war Mexis Idee«, erwiderte sie und wischte sich den Schweiß von der Stirn. »Du solltest dich bei ihm bedanken. Und dann kannst du uns erklären, warum du uns nicht sagen willst, wo seine Eltern sind!«

Die Schwanzspitze von Buckel peitschte aufgeregt durch den Straßenstaub, während der Kater selbst mit grimmiger Miene die Arme vor seiner Brust verschränkte. »Weil es euch gar nichts angeht, wen Oma Zinkenzuck mit hierhernimmt!«

»Omi hat *Menschen* in unsere Welt mitgenommen?«, wunderte sich Yuki. »Aber warum? Mir hat sie immer gesagt, dass Menschen hier nichts zu suchen haben.«

»Ich habe euch schon viel zu viel erzählt«, knurrte Buckel. »Wenn du mit deinem Menschenfreund hier nicht sofort verschwindest, dann ...«

Ein lautes Kichern hinter Mexi und Yuki ließ die beiden erschrocken herumfahren. Es waren die Hexen. Und sie setzten zur Landung an!

»Oh nein!«, rief Yuki. »Die bunten Schwestern! Das sind die fiesesten Hexen weit und breit! Und sie *hassen* Menschen!«

Yuki schubste Mexi rückwärts in den Hauseingang, in den sie zuvor mit Buckel gekracht war. Simba und Nala sprangen dem überraschten Mexi hinterher. Simba stellte sogar seine Nackenhaare auf und knurrte. Währenddessen blieb Yuki auf der Straße neben Buckel und Fluffi. Die Rücken der drei versperrten die direkte Sicht auf Mexi.

»Wenn das nicht der gute alte Buckel ist, und Fluffi, der Meisterkoch!«, krähte Graulinde mit dem Kringelhut.

»Solltet ihr nicht bei eurer Herrin im großen Grenzturm sein und ihr beim Kochen helfen?«, rief die kleine Hexe Blaugunde.

»Wisst ihr nicht, wie wichtig das Fest des Ewigen Friedens ist?!«, polterte Rothilde mit der Eule auf dem Kopf.

»Natürlich wissen wir das!«, gab Buckel empört zurück. »Aber meine Nichte und ihr komischer Freund halten uns ständig auf!«

»Junghexe Yuki!«, riefen die drei Hexen kichernd im Chor. »Du warst also diejenige, die sich hier eingeschlichen hat!«

»Wir haben dich schon gesucht!« Die kleinste der drei Hexen zog ein Hühnchen aus dem Korb auf ihrem Rücken und wog es wie ein Wurfgeschoss in ihrer Hand.

Yuki blickte über die Schulter zu dem verdutzten Mexi. Vorsichtshalber wich sie ein paar Schritte vor den Hexenschwestern zurück.

»Ich kann das alles erklären«, sagte sie nervös.

»Wenn du mit den großen Hexen spielen willst, erklären wir dir besser erst mal die Regeln!«, rief Graulinde, die Hexe mit dem Kringelhut. »Wir spielen Suchen und Verstecken! Also ... versteck dich!« Sie lachte fies und rührte mit ihrem krummen grauen Zeigefinger in der Luft.

KLONK!

Yuki hatte sich in ein altes Bügeleisen verwandelt. Nur das Armband mit dem Sternenanhänger am Griff ließ vermuten, dass es sich bei dem klobigen Gegenstand um das Mädchen handelte.

»Ein Bügeleisen?«, rief die rote Hexe mit der Eule auf dem Kopf. »Viel zu auffällig!« Jetzt wirbelte sie mit den Fingern herum. Mit einem Puff verzauberte sie Yuki in einen Stuhl, an dessen Lehne das Armband baumelte.

»Ein Stuhl mitten auf der Straße?«, rief die kleinste Hexe und lachte. »Das nennst du ein gutes Versteck?«

»Helft ihr doch!«, flüsterte Mexi dem Kater und dem Puffel zu.

»Tut mir leid, Junge«, raunte ihm Buckel über die Schulter zu.

Der Kater blickte noch einmal zu der armen Yuki, die von den Hexen gerade in eine Teekanne verwandelt worden war, dann schnappte er sich ihren Leihbesen und setzte sich drauf.

»Komm, Fluffi«, rief er. »Solange sie abgelenkt sind!«

Fluffi stellte den Topf zögerlich auf seinen Kopf und warf Mexi einen traurigen Blick zu, während er sich hinter Buckel setzte und sich mit einer Pfote am Besenstiel festhielt. Dann zischten die beiden in Richtung Himmel davon. Die Teekanne, die eigentlich Yuki war, rüttelte und klapperte entsetzt hin und her. Buckel hatte seine Nichte einfach im Stich gelassen.

»Ha! Sogar der Kater fliegt besser als du!«, lachte Graulinde und verwandelte Yuki in einen Laib Schweizer Käse mit einem Stern in der Mitte. Der Käse hüpfte sauer auf und ab.

Mexi hatte genug von den Hexen. Er lief aus dem Hauseingang auf die Straße, hob einen Kieselstein vom Boden auf und donnerte ihn der grauen Hexe zielsicher gegen den Kringelhut.

»Nimm das, Hexe!«

Grauline sah sich irritiert zu ihm um. »Was bist du denn?«, fragte sie verdutzt.

Mexi hatte sich eine andere Reaktion erhofft. Allerdings war er sich im Nachhinein auch nicht sicher, welche. Immerhin hatte er einfach nur einen kleinen Kiesel geworfen. Er hätte sich denken können, dass das nicht besonders hilfreich war.

Aber jetzt wollte er sich nichts anmerken lassen. Mutig trat er einen weiteren Schritt vor und stellte sich schützend vor das Stück Käse, das einmal Yuki gewesen war. Das hier lief doch genauso ab wie bei einem Computerspiel, das er mal gespielt hatte – und in dem er echt gut gewesen war! Es wäre doch gelacht, wenn er die Hexen nicht besiegen konnte.

»Es reicht, ihr fiesen ... Hexen!«, polterte er. »Wenn ihr spielen wollt, dann vielleicht mit jemandem, der sich damit auskennt!« Zu spät begriff Mexi, dass er gar nicht in einem Computerspiel war. Seine Drohung machte den Hexen genauso viel Angst wie sein Steinwurf zuvor: keine.

Stattdessen blickten sie ihn fassungslos an.

»Ist das etwa ein Grasdrache?«, überlegte Graulinde laut.

»Unsinn!«, antwortete Rothilde. »Grasdrachen können nicht reden. Die fauchen!«

Mexi schluckte. Warum hatte er nur seinen Mund aufgemacht? Jetzt war seine Tarnung aufgeflogen!

»Wisst ihr, was das heißt?!«, kreischte Blaugunde aufgeregt und ließ vor Schreck ein gackerndes Hühnchen fallen. »Grüne Haut, gelbe Schwanzzacken ... Das muss ein wahrhaftig wahrer Großdrache sein!«, rief sie. »Kein Zweifel. Nur Großdrachen können sprechen!«

Ihre Schwestern rissen erschrocken die Augen auf. Mexi fragte sich noch, ob er nicht etwas klein für einen Großdrachen war, da warfen sich alle drei schon vor ihm auf den Boden.

»Bitte verzeiht, altehrwürdiger Drache!«, flehten sie. »Wir hatten keine Ahnung, dass die Junghexe mit Euch befreundet ist!«

Graulinde fuchtelte kurz mit der Hand in der Luft herum. Mit einem *PUFF* verwandelte sich das Stück Käse zurück in Yuki. Die drei Hexen schauten Mexi reumütig an. So wie Kinder, die darauf warten, von ihren Eltern ausgeschimpft zu werden.

Mexi wusste nicht, was er sagen sollte. »Äh ... «, setzte er an und überlegte angestrengt, was ein Großdrache in so einer Situation sagen würde. »Mexi, der Großdrache ... verzeiht euch?«

Die Hexen blickten einander erleichtert an.

»Ein Hoch auf den Großdrachen Mexi!«, rief Graulinde.

»Ein Hoch auf das Fest des Ewigen Friedens!«, rief Blaugunde und befreite ihre Hühnchen, die nun aufgeregt umherflatterten und sofort von einer begeisterten Nala verfolgt wurden. Sie konnte sich gar nicht entscheiden, welches der Federviecher sie zuerst jagen sollte.

BONG. BONG. BONG.

Eine laute Glocke erklang aus weiter Ferne. Wie auf ein Kommando sprangen alle drei Hexen auf ihre Besen.

»Die Festglocken am Grenzturm!«, rief Rothilde so schrill, dass die Eule auf ihrem Kopf kurz aus ihrem Schlummer aufschreckte. »Das Fest des ewigen Friedens beginnt! Kommt Schwestern, wir müssen los!«

»Da sind Buckel und Fluffi bestimmt auch hin!«, sagte Mexi zu Yuki, die immer noch etwas mitgenommen wirkte. Kein Wunder, war sie doch eben noch ein Bügeleisen, ein Stuhl, ein Teekessel und ein Käse gewesen.

»Frag, ob wir mitfliegen können!«, flüsterte sie.

»Bitte nehmt uns mit zu diesem ... äh ... Grenzturm, ihr schrillen Hexen, ihr!«, gebot Mexi den Hexen mit feierlicher Stimme, wie sie einem Großdrachen gebührt.

»Guter Witz, Altehrwürdiger!«, rief die kleinste der drei Hexen. »Jeder weiß, dass Großdrachen fliegen können! Wir sehen uns auf dem Fest!«

Die drei stiegen höher und höher, dann rasten sie laut lachend über den Nachthimmel davon. Im gleichen Moment löste sich das ganze Städtchen um Mexi und Yuki herum auf. Nein, es ... schrumpfte!

Plötzlich standen sie und die beiden Hunde auf einer leeren Wiese mitten in der Dunkelheit. Ohne Musik, ohne Feuerwerk und ohne Luftballons. Der Flugpark war fort. Nala jaulte enttäuscht auf, weil auch die Hühnchen verschwunden waren. Simba ignorierte, dass sich alles um sie herum verändert hatte, und nutzte die Gelegenheit, ein weiteres saftiges Grasbüschel abzukauen.

»Was ist denn jetzt los?«, wunderte sich Mexi.

»Wir haben geschlossen«, antwortete eine Männerstimme hinter ihm.

Mexi erschrak fürchterlich, als er sich umdrehte und direkt in das Gesicht des schnurrbärtigen Geistes blickte, nur wenige Zentimeter von seinem eigenen entfernt. Der Kassierer war wie aus dem Nichts hinter ihnen aufgetaucht.

»Haben Sie die Glocken nicht gehört?«, fragte der Geist ernst. »Sie rufen uns zum Fest!«

Er hielt einen offenen Holzkoffer vor sich, in dem eine winzige Version des Hexenflugparks stand, in dem Mexi und Yuki eben noch umhergerannt waren. Er sah aus, als ob er zu einer Modelleisenbahn gehörte.

»Hübsch, nicht wahr?«, kommentierte der Geist und wackelte zufrieden mit dem Schnurrbart. »Und viel praktischer, als alles immer neu aufzubauen. So ist der Flugpark jederzeit einsatzbereit. Habe ich selbst gemacht.« Er schloss den Deckel des Koffers und stellte ihn ab. »Was ist mit dem Besen, den ich Ihnen geliehen habe, Frau Zinkenzuck?«

»Wurde geklaut«, sagte Yuki kleinlaut.

Der Geist seufzte. »Und so, wie Sie geflogen sind, sind Sie auch keine vollwertige Hexe, richtig?«

Sie schüttelte zerknirscht den Kopf.

Der Geisterkassierer rollte genervt mit den Augen und drehte sich zu Mexi. »Und wenn *Sie* ein Drache sind, würde ich einen Besen fressen, wenn noch einer da wäre.«

Mexi lief rot an. Er fand seine Leistung als Großdrache nämlich gar nicht so übel.

»Aber was sind Sie beide *dann*?«, wollte der Geist wissen.

Yuki zuckte mit den Schultern. »Kinder.«

Der durchsichtige Körper des Kassierers leuchtete auf und flackerte hektisch. »Das Fest des Ewigen Friedens ist nichts für *Kinder*!« Damit griff er nach seinem Koffer, schwebte in die Höhe und löste sich mit einer eleganten Drehung in Luft auf.

»Wir müssen zu diesem Grenzturm, von dem alle geredet haben«, entschied Yuki und zeigte in die Richtung, in die die anderen Hexen geflogen waren.

Mexi klatschte in die Hände. »Dann nichts wie los!«

Nala bellte begeistert, während Simba nur verschlafen den Kopf hob. Die lange Diskussion und das viele Graskauen hatten ihn wohl müde gemacht.

Yuki lachte. »Dir kann nichts die Laune verderben, oder? Aber wir müssen vorsichtig sein. Der Weg zur Grenze ist gefährlich.«

Die Farblosen

Nach einer halben Stunde Fußmarsch über Felder und Wiesen gelangten Mexi, Simba, Nala und Yuki an einen Zaun. Er sah wie ein einfacher Gartenzaun aus. Nur dass er mitten im Nirgendwo auf einer Wiese stand und sich scheinbar ewig nach links und rechts durch die Landschaft zog.

»Ist *das* die Grenze?«, fragte Mexi. »Die hatte ich mir irgendwie beeindruckender vorgestellt.«

»Nein«, sagte Yuki ehrfürchtig. »Das hier sind die Ruinen des Schattenkrieges.«

Obwohl es dunkel war, konnte Mexi auf der anderen Seite des Zaunes in einiger Entfernung tatsächlich Ruinen von Häusern und Laternenmasten erkennen. Geisterhaft schimmernder Nebel waberte um sie herum. Die Mauern der früheren Gebäude waren von Wurzeln und Schlingpflanzen überwuchert. Hier musste einmal eine große Stadt gewesen sein, deren Überreste nun wie Grabsteine in der Landschaft standen.

»Der Schattenkrieg?«, flüsterte Mexi.

Yuki seufzte. »Der Krieg mit dem Reich der Schatten hat damals nicht nur Teile unserer Welt zerstört, sondern auch von eurer. Über tausend Jahre ist das her.«

Mexi schaute sie überrascht an. »Das Reich der Schatten? Das klingt, als würden da nicht so nette Leute wohnen. Fies irgendwie.«

Yuki nickte. »Ist es auch. Dort gibt es nur fiese Typen, die keinen Spaß verstehen und Freiheit verachten. Sie leben hinter der großen Grenzmauer. Das Fest des Ewigen Friedens soll verhindern, dass es wieder einen Krieg gibt«, erklärte sie. »Alle hundert Jahre treffen sich die Wesen unserer Welt mit den Leuten des Schattenreiches zu einem Friedensmahl. So habe ich es zumindest in der Hexenschule gelernt. Bestimmt sind die Erwachsenen deshalb alle zum Grenzturm unterwegs.«

Mexi sah eine Bewegung im Gras jenseits des Zaunes. Er musste genauer hinschauen, um die bleiche Gestalt zu erkennen, die im Nebel durch die Ruinen wanderte.

»Und wer ist der da?«, fragte er. Der schaurige Anblick beunruhigte ihn. »Ist das einer der Schatten?«

»So ähnlich«, flüsterte Yuki. Nach und nach kamen weitere weiße Wesen zum Vorschein und folgten dem ersten in gespenstischer Stille. »Das sind die Farblosen. Die Umzäunung hält sie in ihrer Stadt. Weiter als bis hier bin ich auch noch nie gewesen.«

Sie überlegte kurz. Dann kletterte sie über den Zaun und ließ sich im hohen Gras in die Hocke sinken.

»Was machst du denn?!«, zischte Mexi panisch.

»Wir haben keine andere Wahl«, antwortete Yuki und wischte sich eine schwarze Haarsträhne aus dem Gesicht. »Wir müssen durch die Ruinen, wenn wir zum Grenzturm und zu deinen Eltern wollen. Drum herum zu laufen würde Stunden dauern!«

Mexi hatte kein gutes Gefühl bei der Sache, aber er war auf Yukis Hilfe angewiesen. Ohne sie konnte jederzeit ein grimmiger Geistertyp um die Ecke kommen und eine Mini-Dino-Version von ihm in einen Koffer sperren! Daher hob er erst Simba und dann Nala über den Zaun und kletterte anschließend hinterher. Den beiden Möpsen schien die ganze Angelegenheit genauso wenig zu gefallen wie ihm selbst. Sie schnüffelten zögerlich und fiepten, als er sich zu Yuki ins Gras hockte.

Mehr und mehr der stummen Gestalten tauchten in den Ruinen der Stadt auf. Einige standen jetzt dicht in kleinen Gruppen beisammen und wankten wie von Wellen getragen mal hierhin, mal dorthin. Manche drängten sich weiter entfernt an den Zaun, als würden sie nicht verstehen, dass es dort nicht weiterging. Andere irrten ziellos herum und stolperten dabei ungeschickt über ihre eigenen Füße. Außer dumm durch die Gegend zu wanken, schienen die Farblosen nicht viel zu tun zu haben.

»Kein Wunder, dass die anderen die Abkürzung durch die Luft genommen haben«, murmelte Mexi. »Die Typen sind echt unheimlich.«

»Ich hab mal gelesen, dass die Farblosen vor dem Schattenkrieg hier gewohnt haben«, flüsterte Yuki. »Aber so genau weiß das keiner. Sie können nicht sprechen und auch sonst ... na ja ... laufen sie halt einfach hier rum. Nur eines ist klar: Wenn sie dich sehen, verfolgen und umzingeln sie dich, und dann wirst du einer von ihnen.«

Mexi schluckte. Ihm lief es bei der Vorstellung, einer der Farblosen zu werden, kalt den Rücken runter. »Dinos haben keine Angst«, log er.

»Gut!«, sagte Yuki. Sie schlich geduckt ein paar Schritte voran und tastete dabei im Gras herum, als würde sie nach etwas suchen.

»Hier«, flüsterte sie nach kurzer Zeit. »Nimm das.«

Sie zog eine mit Moos bewachsene Holzplanke aus dem Gras. »Halt die so vor dich, dass die Farblosen dich nicht sehen können. Sie sind zum Glück nicht besonders helle. Laufende Planken interessieren sie nicht. Laufende Lebewesen dagegen schon.«

Mexi nahm die Planke und stellte sie aufrecht vor sich ins Gras. Einige der Farblosen hielten schwankend an und blickten in seine Richtung. Er glaubte, sie enttäuscht seufzen zu hören, weil sie nur ein Stück Holz sahen. Einen Augenblick später, als er sich traute, hinter seinem Versteck hervorzuspähen, hatten die fahlen Gestalten die Köpfe wieder gesenkt und schlurften davon.

Yuki grinste. »Siehst du?«

Sie suchte sich ebenfalls eine Deckung und fand im Schutt der früheren Stadt eine Metallplatte, hinter der sie sich verstecken konnte.

»Aber was machen wir mit deinen Sportmöpsen?«, fragte sie besorgt. Die beiden Hunde schnupperten noch immer eher zurückhaltend in Richtung der Farblosen.

Mexi überlegte kurz. Er konnte die beiden unmöglich unter den Arm nehmen und gleichzeitig die Planke halten. Das war schon auf Yukis Besen nach hinten losgegangen. Daher legte er das Holz ab, duckte sich ins Gras und schlug die Dino-Kapuze seines Onesies zurück.

»Hehe!«, kicherte Yuki.

»Was denn?«, wunderte sich Mexi.

»Nichts«, grinste Yuki. »Ich habe dich nur noch nie ohne Kapuze gesehen. Lustige Haare hast du.«

Mexi wurde rot. Sein Dino-Onesie war für ihn wie ein Schutzschild, und ohne das fühlte er sich irgendwie ... nackt und verletzlich. Zum Glück war er sich sehr sicher, dass Yuki es nicht böse meinte. Also versuchte er sich an einem verlegenen Lächeln, wuschelte sich die Haare aber doch noch mal zurecht, ehe er Simba hinten in die Kapuze seines Onesies setzte. Das war zwar nicht bequem und sah komisch aus, aber so hatte er immerhin schon mal die eine Hand frei. Er konnte spüren, wie Simba sich sofort seinen Platz suchte, sich zusammenrollte und wahrscheinlich eindöste.

Bei Nala wusste Mexi allerdings, dass sie in seiner Kapuze niemals stillhalten würde. Sie würde ihm erst die Ohren lecken, dann Simba ärgern und zum Schluss versuchen, ein Loch in die Kapuze zu buddeln. Daher war es sicherer, das kleine Mopsmädchen vorne in den Onesie zu stecken. Da hatte er sie im Griff. Nur ihr Kopf und ihre Vorderpfoten schauten noch raus, als er den Reißverschluss wieder hochzog.

»Super Idee!«, lobte Yuki. »Ich hoffe, das klappt. Und jetzt leise! Aber pass auf, dass du nicht stolperst.« Sie deutete auf die Wiese.

Überall lagen Holzbretter, große Steine und verrostete Leitern und Rohre herum.

»Okay.« Mexi nickte entschlossen.

Beide verschanzten sich hinter ihrem Sichtschutz und schlichen vorsichtig, Stück für Stück, durch die Ruinen der Farblosen. Hier und dort waren Reste von Wohnhäusern und Läden mit bunten Glasfenstern und verschnörkelten Fassaden zu sehen. Hin und wieder liefen sie über von Wurzeln überwucherte Straßen, die in der Dunkelheit und aus der Ferne nicht zu erkennen gewesen waren.

Vor dem Krieg muss die Stadt echt groß und schön ausgesehen haben, dachte Mexi. Hatten die Farblosen tatsächlich einst hier gelebt?

Zum Glück beachteten die schaurigen Wesen die umherlaufende Metallplatte und die hinterherschleichende Holzplanke kein bisschen. Sie bewegten sich in Gruppen, als würden sie alle von einem einzigen Controller gesteuert werden. Wenn sie an eine Hauswand oder ein anderes Hindernis kamen, versuchten sie einfach weiter geradeaus zu laufen, bis irgendein geheimnisvoller Befehl sie dazu brachte, die Richtung zu ändern. Manchmal schlurfte eine Gruppe Farbloser dicht an Mexi und Yuki vorbei. Dann warteten die beiden ab, bis die fahlen Wesen vorübergezogen waren, bevor sie vorsichtig weiterschlichen.

»Wir haben es fast geschafft!«, flüsterte Yuki nach einer gefühlten Ewigkeit.

Mexi spähte über die Schulter. Jetzt sah er es auch. Da war ein zweiter Zaun. Das Ende der Welt der Farblosen! Und es war nicht weit. Er konnte es kaum abwarten, aus der gruseligen Stadt rauszukommen. Ihm lief der Schweiß den Rücken hinunter, außerdem konnte er nur schlecht atmen, da das Gewicht von Simba in seiner Kapuze ganz schön gegen seinen Hals drückte. Nala wurde zudem langsam langweilig. Sie wand sich im Onesie umher, und Mexi spürte genau, dass sie bald zu strampeln und zu quietschen anfangen würde, um runtergelassen zu werden. Darum lief er gleich etwas schneller.

»Vorsicht, Mexi, da vorne ...«, warnte Yuki sofort, doch es war bereits zu spät. Mexi blieb mit seinem Dinoschwanz an einem rostigen Stück Draht hängen, das aus einigen Trümmern ragte, kam ins Straucheln, es machte *RATSCH*, der Stoff riss ein, und Mexi landete der Länge nach auf der Seite. Nala nutzte den Moment und sprang aus dem Onesie, noch ehe Mexi den Boden erreichte. Simba dagegen purzelte benommen aus der Kapuze und schaute sich mit kleinen, verschlafenen Äuglein um.

»Aua!«, rief Mexi. Er rappelte sich auf und rieb sich die Hüfte. Zum Glück schien alles noch am rechten Fleck zu sein. Auch Simba und Nala waren mit dem Schrecken davongekommen. Nala allerdings nutzte ihre neu gewonnene Freiheit, um sich ein wenig die Beine zu vertreten – geradewegs auf die Farblosen zu!

»Mexi, deine Deckung!«, rief Yuki, doch die schaurigen Gestalten hatten ihn längst entdeckt. Sie schlurften schneller und schneller zu Mexi hinüber. In Windeseile hatten sie ihn erreicht und begannen, sich um ihn zu drängen und ihn herumzuschubsen.

»He!«, rief Mexi und hielt sich schützend die Hände über den Kopf. »Was wollt ihr denn von mir? Haut ab!« Er sprang auf und lief panisch umher. Immer mehr Farblose strömten herbei, umringten und schubsten ihn, sodass er schnell die Orientierung verlor.

Aufgeregtes Gebell erscholl. Nala! Das Kläffen ließ alle Farblosen gleichzeitig aufschrecken. Wie eine Horde weißer Zombies bewegten sie sich mit einem Mal auf die Hündin zu. Nala musste das Ganze für ein lustiges Spiel halten, denn sie sprang fröhlich um die Wesen herum und zwischen ihnen hindurch. Völlig überfordert stolperten die Farblosen übereinander und gegeneinander, weil alle auf denselben, sich ständig bewegenden Punkt zusteuerten.

Yuki ließ ihre Deckung sinken und rannte, so schnell sie konnte, zu Mexi hinüber, der im Gras saß und mit leerem Blick auf den Boden starrte. Simba stand vor ihm und kratzte mit der Pfote an seinem Bein. Der Hund merkte, dass etwas nicht stimmte.

»Mexi!«, rief Yuki. »Alles in Ordnung?«

»Ich ... ich weiß nicht«, flüsterte Mexi und hob kraftlos die Arme. Sein sonst so grüner Onesie war jetzt grau und ... farblos.

»Oh nein!« Yuki schüttelte ihn an den Schultern. »Du wirst mir jetzt auf keinen Fall zu einem von denen, hörst du?«

Mexi starrte weiterhin auf seine Ärmel. »Ich weiß gar nicht mehr, was ich eigentlich wollte ...«, stammelte er tonlos.

»Wie wäre es damit, deine Eltern zu finden?«, erinnerte ihn Yuki eindringlich. »Und ... äh ... vorher ...« Sie warf einen schnellen Blick über die Schulter. »Vorher sollten wir vielleicht noch Nala retten. Und Simba braucht dich auch!«

Mexis traurige Augen wanderten langsam von seinen farblosen Ärmeln zu seinem kleinen Hund. Simba erwiderte den Blick, und einen Moment lang schauten sich Dino und Mops einfach nur still an. Dann hüpfte Simba plötzlich auf Mexis Schoß, drehte sich dreimal im Kreis, bis er eine gute Position gefunden hatte, und rollte sich zusammen wie eine Bratwurstschnecke.

Mexis Mundwinkel zuckten, als würde er sich ganz langsam daran erinnern, wie man lächelte. Er hob den Kopf und suchte die Wiese nach Nala ab. Sie war wegen ihres dunklen Fells bei Nacht nicht so gut zu erkennen, aber zu hören war sie dafür umso besser. Wie ein Schäferhund lockte sie die Farblosen mit ihrem vergnügten Gebell mal hierhin und mal dorthin. Mexis Mundwinkel zuckten stärker.

»Du hast recht ...«, murmelte er und schüttelte sich, als wäre er gerade aus einem Traum erwacht. »Ich bin Mexi.« Seine Stimme wurde wieder fester. »Ich bin Mexi, und ich muss meine Eltern finden ... und mich um meine Hunde kümmern.«

Er sah, wie der Stoff seines Onesies wieder mehr Farbe bekam. Also rief er noch lauter: »Ich bin Mexi! Ich muss meine Eltern finden! Und mich um meine Hunde kümmern!«

»Du bist wieder grün wie ein Grasdrache!«, jubelte Yuki.

Mexi strahlte, schob seine Hände unter Simbas Bauch und hob den kleinen Mops an sein Gesicht.

»Du hast mich gerettet, weißt du das eigentlich?«, flüsterte er.

Simba leckte ihm einmal über die Nase und wuffte leise.

»Ich will euch echt nicht stören«, schaltete sich Yuki ein. »Aber wir sollten wirklich von hier verschwinden.«

Mexi nickte, setzte Simba auf der Wiese ab und stand auf. Da Nala die Farblosen mit ihrer Geschwindigkeit problemlos abhängen konnte, blieb ihnen ein guter Vorsprung, den sie nutzen konnten. Er pfiff einmal laut, und das Mopsmädchen änderte sofort die Richtung. Man sah Nala im hohen Gras zwar nicht, aber wohin sie lief, konnte man ganz leicht an der Richtung erkennen, in die die Farblosen wankten.

»Ein echter Schäfermops!«, lachte Mexi stolz. »Und du dachtest, sie braucht Hilfe.«

»Wirklich, sehr wendig«, musste auch Yuki anerkennend zugeben. »Und jetzt nichts wie weg!«

Alle vier sprinteten zum Zaun. Schnell waren Mexi und Yuki auf die andere Seite geklettert, Simba schlängelte sich darunter hindurch, und Nala folgte nur kurze Zeit später. Die junge Mopsdame schien trotz ihres Einsatzes noch immer jede Menge Energie zu haben. Überschwänglich sprang sie an Mexis Bein hinauf und begann vor lauter Begeisterung zu niesen. Dabei machte ihr kleiner Körper immer einen zusätzlichen Hüpfer, der sie fast aus dem Gleichgewicht brachte.

»Das hast du super gemacht!«, lobte Mexi und kraulte sie hinter den Ohren.

Nach und nach strömte die Masse der Farblosen an den Zaun. Obwohl sie nicht weiterkamen, hörten sie nicht auf, gegen das Hindernis anzulaufen. Es war gespenstisch, wie sich die weißen Gestalten auf der Stelle bewegten und dabei stur geradeaus starrten. Sie verstanden einfach nicht, dass sie an dem Zaun nicht vorbeikommen würden.

»Gut, dass die nicht klettern können«, stellte Yuki fest.

Mexi antwortete nicht, sondern blickte die seltsamen Wesen nachdenklich an.

»Alles okay?«, fragte Yuki vorsichtig.

»Als sie mich so herumgeschubst haben …«, sagte Mexi, da habe ich mich so gefühlt wie sie. Sie haben einfach kein Ziel mehr. Das ist es, was ihnen fehlt. Aber ihr drei habt mich an meins erinnert.«

Yuki wischte sich schnell eine Träne aus dem Auge. »Na, wofür sind denn Freunde da?« Sie deutete in Richtung eines Waldes am dunklen Horizont. »Lass uns weitergehen. Es kann nicht mehr weit sein bis zur Grenze.«

Mexi, Simba und Nala folgten ihr, und so ließen sie die Farblosen und ihre Ruinen hinter sich zurück.

Die Schlucht der Eisfüchse

Das Licht der Zwillingsmonde fiel gespenstisch durch die Baumwipfel. Eisiger Wind wehte durch die Blätter. Er brachte einen frostigen Raureif, der sich wie eine bleiche Steppdecke über den Waldboden legte. Um sich vor der Kälte zu schützen, tapsten Simba und Nala eng aneinandergeschmiegt neben Mexi her, der einmal mehr dankbar war für den kuscheligen Stoff seines Onesies. Die Kapuze hatte er wieder aufgesetzt, um seine Ohren zu wärmen. Yuki dagegen schien das frostige Wetter nichts auszumachen. Allerdings blickte sie sich ununterbrochen nach allen Seiten um, ganz so, als würde sie nach etwas Ausschau halten.

»Warum ist es auf einmal so kalt?«, fragte Mexi bibbernd.

Yuki zögerte. Sie sah beunruhigt aus.

»Eisfüchse«, antwortete sie nach einer Weile leise. »Wo sie sind, ist es immer kalt.«

Mexi gefiel die Sorge in ihrer Stimme gar nicht. »Klingt nicht sehr verlockend.«

Yuki nickte. »Ist es auch nicht. Wenn hier Eisfüchse leben, haben wir ein Problem.«

»Und wieso?«, fragte Mexi. Konnten sie denn wirklich noch mehr Probleme bekommen?

»Eisfüchse sind magische Geschöpfe aus alter Zeit«, erklärte Yuki.

»Das heißt, sie können so zaubern wie du?«, wollte Mexi wissen.

Yuki schüttelte den Kopf. »Die Magie der Füchse ist anders als die der Hexen«, antwortete sie. Beim Sprechen bildeten sich wabernde Dampfwolken vor ihrem Gesicht. »Eisfüchse zaubern nicht, sie *sind* der Zauber.«

»... sind der Zauber?«, wiederholte Mexi ihre Worte. Es war ihm ein wenig peinlich, dass er nicht genau verstand, was sie damit meinte.

»Das heißt, dass sie nicht nachdenken müssen, wenn sie zaubern.« Sie kletterte über einen umgefallenen Baumstamm, der mit glitzernden Eiskristallen bedeckt war. »So wie ein Vogel, der mit seinen Flügeln schlägt, um zu fliegen. Für uns mag das Ergebnis wie Zauberei wirken, doch für den Vogel ist das selbstverständlich.«

»Das ist doch super!«, freute sich Mexi. »Vielleicht helfen sie uns!«

Doch Yuki schüttelte schon wieder den Kopf. »Es ist verboten, ihr Reich zu betreten.«

Mexi blieb stehen. »Und was machen wir dann hier?!«

Auch Yuki hielt an. »Ich war doch selbst noch nie hier!«, verteidigte sie sich trotzig. »Auf der Karte in der Hexenschule hat dieser Weg einfach wie ein direkter Zugang zum Grenzturm ausgesehen. Wald, Schlucht, Grenze. Von ›Achtung, Eisfüchse, bitte drum herumgehen‹ stand da nichts!«

Jetzt blickte sich auch Mexi verstohlen im dunklen Wald um. »Und was passiert, wenn sie uns finden?«, fragte er flüsternd.

Yuki zuckte mit den Schultern. »Ich weiß es nicht. Uns Junghexen wurde nur beigebracht, dass ihr Revier tabu ist. Seit dem Schattenkrieg wollen die Eisfüchse nichts mehr mit der Außenwelt zu tun haben. Angeblich können sie in die Seelen anderer Geschöpfe sehen. Und was sie damals während der großen Schlacht in den Seelen der Kämpfer gesehen haben, hat sie dazu gebracht, sich für immer zurückzuziehen.«

Mexis Magen knurrte. »Oh, äh ...« Verlegen kratzte er sich am Kopf. Im Laufe ihrer Reise hatte sich sein Bauch in einen schlecht gelaunten Bären verwandelt.

Yuki schnaubte, aber immerhin stahl sich ein kleines Lächeln auf ihre Lippen. »Du hast vielleicht Nerven. Aber falls du Hunger hast, ich hätte noch ein paar Leuchtpilze übrig.« Sie griff in ihre Tasche und holte einige schimmernde Knollen für Mexi hervor. »Iss nur«, sagte sie. »Die schmecken auch roh gut.«

»Du willst mich auf den Arm nehmen!« Mexi starrte die Pilze in seiner Hand entgeistert an. »Ich soll das verstrahlte Zeug essen?«

Yuki warf ihm einen vielsagenden Blick zu. »Probier es, oder sag deinem Magen, er soll ruhig sein.«

Mexi verzog das Gesicht, hob jedoch eine der Pilzkappen zögerlich an seine Nase, um daran zu riechen. Der Geruch erinnerte ihn ein wenig an Erde, aber auch an Gewürze, und vor allem war er sehr zimtig. Eigentlich ziemlich gut, musste er zugeben.

Vorsichtig probierte er einen kleinen Bissen. Zum Glück war der Pilz weder matschig noch eklig weich, sondern ziemlich fest, fast wie Hühnchen. Das Aroma, das sich in seinem Mund ausbreitete, war herb und süß zugleich. Es erinnerte ihn an eine Mischung aus Zimt und Rosmarin.

»Lecker!«, rief er und stopfte sich den Rest gierig in den Mund. Zwei Stücke hob er aber natürlich für Simba und Nala auf. Er setzte sich zu den

Hunden auf den Waldboden, um sie zu füttern. Nala mochte uneingeschränkt alles gern, was man fressen konnte. Simba war da wählerischer. Er mochte vor allem das, was auch Menschen aßen. Dafür ließ er jedes Leckerchen liegen.

Die Leuchtpilze kamen bei beiden gut an. Nachdem sie ihre Portionen hinuntergeschluckt hatten, suchten sie mit eifriger Nase den Boden nach weiteren Pilzen ab. Als sie keine fanden, sprangen sie auf Mexis Schoß und bettelten um mehr.

»Wie kann man nur so verfressen sein wie ihr?«, tadelte er scherzhaft und streichelte ihre kleinen Köpfe.

»Beeilen wir uns lieber«, unterbrach Yuki die kleine Fütterung. Ihre Anspannung war deutlich zu spüren. »Wenn wir Glück haben, schaffen wir es durch die Schlucht, ohne auf die Füchse zu treffen.«

Bald schon lichtete sich der Wald. Vor ihnen lag der kahle Rand eines Abgrunds, der wie ein auf dem Kopf stehendes T den Boden durchzog. Zwei riesige Tannen rahmten den Eingang zur Schlucht ein. Ein klirrender Luftzug wehte aus der düsteren Erdspalte heraus.

»Okay, so hatte ich mir das nicht vorgestellt«, gab Yuki zu.

Sie deutete in die Schlucht hinab, deren Untergrund von einer meterdicken Eisschicht bedeckt wurde. Obwohl es Nacht war, leuchtete das Eis in unnatürlichem, kaltem Blau. Seine zerklüftete Oberfläche war mit spitzen Zacken übersät und wandte sich wie ein Gletscher bis zu den Füßen der beiden hinauf.

»Das sieht ziemlich glatt aus«, stellte Mexi beunruhigt fest. »Und tief. Und kalt.«

»So kalt wie in einer Tiefkühltruhe«, stimmte Yuki ihm zu.

Nala tapste neugierig an den Rand und schnupperte am Eis. Als ihr Näschen die kalte Schicht berührte, machte sie einen erschrockenen Satz nach hinten, nur um sofort wieder vorzutreten und mit ihrer rosa Zunge daran zu schlabbern. Zum Glück klebte sie dabei nicht fest! Das hätte noch gefehlt, dass hier jemand mit der Zunge am Eis kleben blieb.

Simba beobachtete seine Hundefreundin einige Momente lang, ehe er sich zu ihr gesellte und mitschlabberte. *Die beiden haben wahrscheinlich richtig Durst vom vielen Laufen*, dachte Mexi. Sportmöpse hin oder her, aber mit den kurzen Beinchen war alles bestimmt viel anstrengender, auch wenn sie jeweils vier davon hatten.

»Aber ... wie kommen wir da jetzt runter?«, fragte er.

Yuki machte ein zerknirschtes Gesicht. »Ich habe absolut keine Ahnung. Vielleicht rutschen?«

»Klar!« Mexi klatschte in die Hände. »Zwischen messerscharfen Eiszacken hindurch, das wollte ich immer schon mal machen.« Frustriert ließ er sich auf den Boden plumpsen. Sofort begann es um ihn herum zu schneien. »Auch das noch«, seufzte er.

»Warte mal ...« Yuki legte den Kopf in den Nacken und schaute konzentriert nach oben. »Da stimmt doch was nicht.«

Sie deutete auf eine Gruppe flauschiger Wölkchen, die ungewöhnlich tief am Nachthimmel hingen. Es waren die einzigen Wolken weit und breit, ansonsten war der Himmel sternenklar. Glitzernde Schneeflocken segelten aus ihnen heraus und schmolzen auf Mexis Gesicht.

Solche Wolken hatte er noch nie gesehen. Gemütlich schwebten sie eine Zeit lang über ihm und Yuki auf der Stelle – doch auf einmal wuchsen aus jeder der Wolken vier Wolkenbeine heraus! Und jeweils eine spitze wolkige Schnauze auf der einen Seite und ein wolkiger Schwanz auf der anderen.

»Jetzt sehen die Wolken ja fast wie Füchse aus«, flüsterte Mexi verblüfft.

»Oh Mist, das *sind* Füchse!», rief Yuki. Sie zerrte Mexi an seinem Onesie in die Höhe. »Wir müssen hier weg!«

Stolpernd kam Mexi auf die Füße. Yuki riss weiter an seinem Ärmel, und er taumelte hinter ihr her in Richtung der großen Tannen. Simba und Nala wuselten aufgeregt bellend zwischen seinen Beinen umher und brachten ihn beinahe zu Fall.

Die Wolken verfolgten sie, waren ihnen dicht auf den Fersen. Statt Schnee ließen sie jetzt Hagel und Eisregen auf sie niedersausen. Bevor Mexi und Yuki den Schutz der Bäume erreichen konnten, hatte sich eine der Wolken vor ihnen aufgeplustert und trieb sie mit kaltem Windgeheul zurück. Es klang fast wie ... Kichern.

»Lachen die uns etwa aus?«, fragte Mexi fassungslos.

Auch hinter ihnen war eine Fuchswolke. Den Weg in den schützenden Wald schnitt ihnen die dritte Wolke ab. Sie waren umzingelt. Die Schlucht in ihrem Rücken blieb als einziger Ausweg.

Schritt für Schritt wichen sie vor den Wolken zurück. Simba und Nala knurrten, doch davon zeigten sich die Füchse wenig beeindruckt. Sie rückten immer näher heran und bliesen nadelspitzen Regen in die Gesichter ihrer Gefangenen. Als Mexi mit seinem Fuß ein weiteres Mal vorsichtig nach hinten tastete, trat er ins Leere. Sie hatten den Abgrund erreicht. In seinem Kopf überschlugen sich die Gedanken.

»Yuki, du musst Nala nehmen!«, rief er über das Tosen des Windes.

Yuki schaute ihn verständnislos an, tat aber dann, was er gesagt hatte. Mexi selbst bückte sich und nahm Simba auf den Arm. Mit der freien Hand deutete er die Schlucht hinab.

»Ich zähle bis drei, und dann rutschen wir!«

Yukis Augen wurden groß vor Schreck. »Das ist nicht dein Ernst!«

Mexi grinste und ging in die Hocke. »Ich habe doch gesagt, dass ich schon immer mal zwischen messerscharfen Eiszacken in eine Schlucht rutschen wollte. Also los! Eins ...«

Auch Yuki setzte sich auf die oberen Ausläufer der Eisschicht. Die Fuchswolken flogen weiter auf sie zu.

»Zwei ...«

Jetzt hatten die Wolken die kleine Gruppe erreicht und sausten und brausten wild um ihre Köpfe. Ihr Wind ließ nach, aber das Kichern wurde immer lauter.

»Drei!«

Mexi und Yuki hielten die Hunde fest im Arm und stürzten sich in die Tiefe. Mexi hatte damit gerechnet, dass der harte Untergrund trotz seines dicken Onesies ziemlich schmerzhaft sein würde, aber es fühlte sich an, als würde er schweben. Mit irrer Geschwindigkeit ging es bergab. Jede der scharfen Eiszacken umkurvte er gekonnt, als hätte er nie etwas anderes getan.

»Woah, das macht Spaß!«, rief er Yuki zu, die mit verdutztem Gesichtsausdruck neben ihm das Eis hinunterrutschte. Aber irgendwas an ihr sah komisch aus. Sie war wie in Nebel gehüllt ...

»Die Wolken!«, verstand er mit einem Mal. »Sie tragen uns!«

Yuki schaute an sich herab und nickte ungläubig. Ein zaghaftes Lächeln erschien auf ihrem Gesicht, das schnell breiter wurde. Schließlich brach sie in schallendes Gelächter aus.

»Du bist vollkommen verrückt, Mexi!«, jubelte sie.

»Aber es hat doch geklappt!«, freute auch er sich.

Immer tiefer und tiefer ging die Rutschpartie. Die Ohren der beiden Möpse flatterten im Fahrtwind, und ihre Gesichter wurden zu einem fröhlichen Grinsen verzogen. Sie sahen aus, als hätten sie die beste Zeit ihres Lebens, während die Fuchswolken kicherten und Mexi und Yuki sicher um jedes Hindernis flogen.

Der steile Abhang wurde nach und nach sanfter, bis er vollständig in eine ebene Fläche aus blauem Eis überging. Mit einem letzten Kichern bäumten sich die kleinen Wolken unter Mexi und Yuki auf, dann verschwanden sie von jetzt auf gleich. Unsanft plumpsten die beiden auf ihren Hintern.

Mexi ließ Simba los, der unsicher über die spiegelglatte Fläche zu Nala hinüberschlitterte. Die quietschte und kläffte voller Freude, während sie wie ein Kreisel übers Eis glitt. Simba hatte sichtlich größere Probleme damit, seine Pfoten zu sortieren. Sie rutschten ihm immer wieder weg. Nach ein paar Metern gab er es auf und wollte sich einfach hinsetzen, doch als sein Hinterteil den kalten Boden berührte, gefiel ihm das Gefühl wohl ganz und gar nicht. Er riss sein Ringelschwänzchen sofort wieder hoch und schnaubte grimmig.

Auch Mexi selbst hatte Mühe aufzustehen. Er rutschte mehr auf allen vieren, als dass er festen Halt fand. Mit rudernden Armen wankte er zu Simba hinüber, um ihn doch wieder auf den Arm zu nehmen, damit er sich nicht seinen Mopspo verkühlte. Yuki dagegen stand mühelos auf, elegant wie eine Katze, strich sich die Haare aus dem Gesicht und schaute sich staunend um.

Mexi folgte ihrem Blick. Unter ihnen musste Wasser sein, denn er sah kleine, durchsichtige Lurche unter dem Eis schwimmen, die sich bei seinem Anblick sofort in tiefere Gewässer zurückzogen. Vor ihnen jedoch ging die Schlucht nicht weiter. Sie standen vor einer riesigen Eiswand! Aus der Höhe stürzte ein Wasserfall hinab und ergoss sich in einen großen See vor ihren Füßen. Die Wasserspritzer formten gefrorene Säulen und Zapfen, die im Mondlicht blau schillerten. Dünne Rinnsale aus Schmelzwasser flossen über das Eis und glitzerten wie Vorhänge aus Diamanten. Eisschollen trieben auf dem See. Von den Wölkchen fehlte jede Spur.

»Fast wie ein Tempel, nicht wahr?«, hauchte Yuki andächtig.

»Heeeftig«, flüsterte Mexi. In echt waren solche Naturwunder noch hundertmal eindrucksvoller als in Fernseh-Dokus und in Internet-Videos. »Aber wo geht es jetzt weiter?«

Yuki lief das Ufer des Sees entlang und suchte die Eiswand nach einem Weg aus der Schlucht ab. Vergeblich.

»Verdammt«, sagte sie enttäuscht. »Eine Sackgasse!«

Mexi spürte, wie ihm das Herz in den Onesie rutschte. Hatten die Eisfüchse sie in eine Falle gelockt?

Auf einmal sauste Nala aufgeregt schlitternd an ihnen vorbei und kläffte in Richtung Himmel.

»Was ist denn los mit dir?«, fragte Mexi und blickte erst ihr hinterher und dann nach oben. »Oh Mann, Yuki. Ich glaube, wir haben Besuch.« Er zeigte auf die drei Fuchswölkchen, die nun wieder über ihnen schwebten.

So fies, wie die Wölkchen kicherten, befürchtete Mexi schon den nächsten Sturzregen. Doch statt erneut anzugreifen, zogen die drei Wolken über ihre Köpfe hinweg zum See. Immer tiefer sanken sie, bis sie direkt über einer besonders großen Eisscholle in der Mitte des Sees anhielten.

Mexi kniff die Augen zusammen. Dort bewegte sich doch etwas! Eine weiße Gestalt erhob sich langsam. Als sie ihren Kopf drehte, hielt Mexi den Atem an. Zwei schmale gelbe Augen leuchteten hinter einer schneeweißen Maske mit roten Verzierungen auf. Nur einen Augenblick später streckte eine Füchsin ihre schlanken Glieder. Neun buschige Schwänze kamen zum Vorschein und bildeten einen Kranz um ihren Körper. Mexi hatte noch nie in seinem Leben ein so wunderschönes Geschöpf gesehen.

»Die Fuchskönigin«, flüsterte Yuki ehrfurchtsvoll.

Stumm schrieb die Füchsin mit ihren schwarz gefärbten Schwanzspitzen drei verschnörkelte Zeichen in die Luft. Sie glühten so blau wie das Eis um sie herum und schwebten zu den kleinen Wölkchen in die Höhe. Als die Symbole die Fuchswolken berührten, zerfielen sie mit einem gläsernen Klirren. Die Wolken verwandelten sich in schneeweiße Babyfüchse, die mit einem fetten Bauchklatscher neben ihrer Mutter auf der Eisscholle landeten. Ungeschickt stolperten die dreischwänzigen Tiere auf der glatten Oberfläche umher und balgten sich miteinander. Schließlich kuschelten sie sich alle gemeinsam an die Flanke der Fuchskönigin.

»Wie süüüüß«, rief Mexi und wünschte sich, dass er sein Handy mitgenommen hätte, um Fotos zu machen.

Ein bellendes Geräusch drang aus der Kehle der Königin hinter ihrer Maske. Die Fuchsbabys ließen von ihr ab und tobten vergnügt miteinander auf der Scholle herum. Die Fuchsmutter selbst schritt langsam zum Rand ihrer Frostinsel und schaute zu Mexi und Yuki hinüber. Als sich der Blick ihrer goldenen Augen auf Mexi senkte, erklang das leise Geräusch eines Glöckchens in seinem Hinterkopf. Es war nicht unangenehm ... im Gegenteil, der Ton war sanft wie das Windspiel im Garten seiner Eltern.

Yuki ging neben ihm auf die Knie.

»Was machst du da?«, flüsterte Mexi.

»Mach es mir nach!«, zischte sie ängstlich. »Sie hat uns gerade befohlen, dass wir ihr den nötigen Respekt erweisen sollen!«

»Aber sie hat gar nichts gesagt«, protestierte Mexi.

»Doch! Du verstehst es nur nicht, weil du ein Mensch bist«, sagte Yuki und zog ihn zu sich herunter.

Mexi kam sich komisch vor. Er hatte noch nie vor jemandem gekniet. Er war aber auch noch nie einer Königin begegnet. Besorgt schaute er nach Nala. Simba hielt er sicher im Arm, aber das Mopsmädchen lief noch frei herum. Und immer, wenn Nala wilde Tiere sah, kläffte sie aufgeregt, weil sie mit ihnen spielen wollte. Die Fuchskönigin sah allerdings nicht so aus, als würde sie mit frechen kleinen Hunden spielen. Doch zu Mexis Erstaunen blieb Nala jetzt still und senkte andächtig ihren Kopf.

Die Eisfüchsin machte ein Schritt nach vorne. Mexi fürchtete schon, sie würde in den See fallen, doch dort, wo ihre Pfoten das Wasser berührten, gefror die Oberfläche blitzartig zu kleinen Eisschollen. So selbstsicher wie dieses Geschöpf über den See stolzierte, bestand kein Zweifel daran, dass sie die Herrin über diese eisige Welt war.

Je näher sie kam, desto lauter wurde das Glockenspiel in Mexis Kopf. Als die Füchsin nur noch wenige Meter entfernt war, hielt sie mitten auf dem See inne. Erneut schwang sie ihre buschigen Schwänze und zeichnete ein verschnörkeltes Zeichen in die Luft. Es flog schimmernd in Mexis Richtung.

Er hatte keine Ahnung, was das Symbol bedeutete. Es sah für ihn wie eine gefrorene Brezel aus, die vom Bäcker ein paar Windungen zu viel spendiert bekommen hatte. Doch als es einen Augenblick später sein Gesicht berührte, fühlte es sich gar nicht kalt an, sondern warm und weich. Sogleich verwandelte sich das Glockenspiel in Mexis Kopf in Worte. Wie ein Schleier legte sich die Stimme der Königin über seine Gedanken.

»Was tut ihr hier?«, hörte er die Füchsin in seinen Gedanken flüstern. »Ihr seid hier nicht willkommen.«

»Entschuldigt, Königin des unendlichen Frostes«, sagte Yuki, ohne die Worte laut auszusprechen. »Wir sind nur unbedeutende Wanderer, die sich zufällig in Euer Reich verirrt haben.«

»Lüg mich nicht an, Kind!«, antwortete die Füchsin kalt. »Ich kann bis auf den Grund deiner Seele sehen. Du hast mein Reich betreten, obwohl es verboten ist, und du hast einen *Menschen* mitgebracht!«

Mexi zuckte bei den Gedanken der Königin zusammen. Es schmerzte, dass sie ihn nicht mochte, nur weil er ein Mensch war.

»Verzeiht«, dachte Yuki in seinem Kopf.

»Zumindest deine Reue ist ehrlich und klar«, sagte die Füchsin etwas sanfter als zuvor. »Deine Katzenohren kommen mir bekannt vor. Yuki, nicht wahr? Eine Zinkenzuck, wenn ich mich nicht irre. Ich kenne deine Großmutter und ihre Fähigkeiten. Die Magie ist stark in eurer Sippe.«

Das Kompliment der Königin zauberte ein Lächeln auf Yukis Gesicht. »Ihr schmeichelt mir, Hoheit«, dachte sie. »Wir hofften, hier einen Pfad zur Grenzmauer zu finden.«

Die Füchsin begann vor ihnen auf der Wasseroberfläche auf und ab zu laufen, ohne den Blick hinter ihrer Maske von ihnen zu nehmen.

»Du bist jung und weißt wenig von den alten Gesetzen«, dachte sie. »Den Pfad durch unsere Schlucht habe ich vor Jahrhunderten versperrt. Zu viel Leid kam einst hindurch. Ich kann euch nicht passieren lassen.«

»Bitte, o Königin«, flehte Yuki. »Wir müssen so schnell wie möglich das Friedensfest erreichen. Wir ...«

»Der Besuch des Friedensfestes ist Welpen *strengstens* verboten!«, unterbrach die Füchsin Yuki, die mit roten Wangen verstummte. »Gesetz ist Gesetz. Kehrt um, und erfreut euch an der kindlichen Reinheit eurer Seele.« Die Königin schüttelte streng ihre Schwänze und drehte sich zu ihren Kindern um. Das Gespräch schien aus ihrer Sicht beendet.

»Yuki«, flüsterte Mexi. »Bitte, versuch es noch mal.«

Doch die Junghexe zuckte nur hilflos mit den Schultern. »Es tut mir leid. Gegen den Willen der Königin kann ich nichts machen.«

»WARTET BITTE, KÖNIGLICHE ÄH ... FUCHSHEIT!«, dachte Mexi, so laut er konnte.

Die Eisfüchsin zögerte. Skeptisch sah sie Mexi an. »Dein Wille ist stark, kleiner Mensch. Sprich! Bevor ich die Geduld verliere.«

»Bitte, überdenkt Eure Entscheidung, o heilige ... Eisfaltigkeit«, dachte Mexi.

Yuki sog scharf die Luft ein. »Das ist keine richtige Anrede, Mexi!«

Die Königin musterte ihn genauer. »Euresgleichen hat hier *nichts* zu suchen. Die Seelen der Menschen sind zu sprunghaft für Magie, zu ungeduldig für die Wunder unserer Welt. Sag, was verschlägt dich in dieses fremde Land?«

»Ich suche meine Eltern«, antwortete Mexi niedergeschlagen. »Sie sind verschwunden.«

»Deine Eltern also«, dachte die Königin und legte ihren Kopf schief. Mexi schien auf einmal ihre ganze Aufmerksamkeit gewonnen zu haben.

»Wir vermuten, dass meine Großmutter sie zum Friedensfest mitgenommen hat, Eure Majestät«, warf Yuki in Gedanken ein. »Ich weiß nicht, wieso. Sie hat noch nie einen Besucher unserer Pensions in diese Welt gebracht. Sie hat mir immer gesagt, das sei nicht erlaubt.«

Die Königin schüttelte traurig den Kopf. »Es ist also wieder so weit.«

Mexi wollte fragen, was sie damit meinte, doch bevor er den Gedanken festhalten konnte, lief die Königin auf ihn zu. Von Nahem war sie viel größer. Ihre Schultern waren auf einer Höhe mit seinen, und die neun buschigen Schwänze ließen sie nochmals erheblich stattlicher erscheinen. Immer näher kam sie, bis die glatte Oberfläche ihrer Maske nur noch wenige Zentimeter vom Gesicht des knienden Mexi entfernt war. Ihr Atem roch überraschend süß und war angenehm kühl. Wie eine Tiefkühltruhe voller Orangeneis, fand er.

»Lass mich in deine Seele blicken«, plätscherte ihre Stimme wie ein klarer Gebirgsbach in seinem Kopf. Sie lehnte ihre Stirn gegen die von Mexi. Als die Maske seine Haut berührte, wurde ihm schwarz vor Augen.

»Mexi!«, hörte er Yuki noch rufen. Dann fiel er in Ohnmacht.

Als er wieder zu sich kam, saß er am Esstisch in seinem Zuhause. Der Duft von heißem Karamell und Zimt stieg ihm in die Nase. Es musste Sonntagmorgen sein, denn seine Mutter stand am Herd und machte wie immer ihre berühmten Zimt-Pfannkuchen.

Aber ... wie bin ich hierhergekommen?, fragte er sich. Eben war er doch noch mit Yuki in dieser merkwürdigen Zauberwelt unterwegs gewesen. Hatte er etwa alles, seine ganze unglaubliche Reise, nur geträumt? Unter seinen nackten Füßen spürte er das warme Fell von Simba und Nala, die selig auf dem Fliesenboden schlummerten.

Mexi atmete erleichtert auf. Vielleicht war das ganz gut so. Er hatte sich schon zu lange Sorgen um seine Eltern gemacht. Er nahm seine tragbare Konsole, die neben ihm auf dem Tisch lag, und startete einen Online-Shooter. Während das Spiel lud, blickte er zu seiner Mutter hinüber. Sie hatte ihre braunen Haare zu einem Dutt aufgesteckt und trug ihr geblümtes Lieblingskleid, das sie nur am Wochenende aus dem Schrank holte. Wie immer, wenn sie Pfannkuchen machte, pfiff sie ein fröhliches Lied vor sich hin.

»Schatz«, rief sie zu Mexis Vater. »Hilfst du uns bitte beim Tischdecken? Frühstück ist gleich fertig!«

Mexis Vater kam schläfrig in die Küche gewatschelt und deckte grummelnd den Tisch. Mexi wusste, dass er so früh am Morgen viel lieber in seinem Sessel ein Buch gelesen hätte, doch wenn seine Frau ihn zu etwas verdonnerte, gab es keine Widerrede.

Mexi spürte ein warmes Gefühl im Bauch. Er war dankbar dafür, so nette Eltern zu haben, die sich so gut um ihn kümmerten. Er fühlte sich pudelwohl.

»Hilf deinem Vater, Mexi«, sagte seine Mutter. »Das ist hier kein All-Inclusive-Hotel!«

Auch wenn sie manchmal etwas streng waren.

»Och menno«, jammerte Mexi. »Aber ich hab hier grad ne epische Win-Streak.«

»Keine Widerrede, junger Mann«, ermahnte ihn seine Mutter schmunzelnd.

Sein Vater stellte ein Glas auf den Tisch und zwinkerte ihm verschwörerisch zu. »Tu lieber, was deine Mutter sagt, Mexi. Sonst kriegen wir beide Probleme ... Wir ... Probleme ... Große Probleme ...«

Die Stimme von Mexis Vater stockte. Sein Gesicht hatte auf einmal einen leeren Ausdruck angenommen.

»Papa, ist alles okay?«, fragte Mexi verunsichert und legte seine Konsole zur Seite.

»Wir haben ... dich sehr lieb«, sagte sein Vater in einem Ton, der Mexi einen Schauer über den Rücken jagte. Es hörte sich wie ein Abschied an.

»Ja, ich euch auch!«, sagte er schnell. Warum nur fühlte er sich auf einmal so traurig?

Seine Mutter schenkte ihm ein seltsames Lächeln. »Das wissen wir doch. Und jetzt ... mach bitte deine Konsole leiser.«

Mexi war es gar nicht aufgefallen, aber aus den Lautsprechern tönte ein merkwürdiges Glockenspiel. Er schaltete die Konsole aus, doch das Bimmeln verstummte nicht.

»Was geht denn hier ab?«, rief er verblüfft.

Immer lauter tönte es aus den Lautsprechern, bis selbst das Geschirr auf dem Essenstisch vom Lärm zu klirren begann. Das Sonnenlicht verwandelte sich in ein buntes Schimmern. Auf einmal war das ganze Zimmer von einem regenbogenfarbenen Licht erfüllt.

»Das ist gar nicht cool«, rief Mexi aufgeregt. Er blickte fragend zu seinem Vater. Doch der war verschwunden. Hilfe suchend wandte er zu seiner Mutter um, doch auch sie war fort. Er war allein. Allein mit dem ohrenbetäubenden Glockenspiel und dem blendenden Licht. Er schloss die Augen und atmete tief durch. Das Bimmeln wurde immer lauter. Mexi musste sich die Ohren zuhalten.

»*Es ist alles gut*«, dachte er. »*Ich träume immer noch, und gleich wache ich auf, und dann ist alles vorbei.*«

Auf einmal verstummten die Glocken. Es war ganz still. Mexi hielt den Atem an und öffnete seine Augen. Er blickte direkt in die Maske der Fuchskönigin. Sie stand vor ihm auf dem Küchentisch und starrte ihn eindringlich an.

»Du hast die Wahrheit gesprochen, Mexi«, sagte sie. »Hilf den Menschen, die du liebst. Die Zeit drängt!«

Vor Schreck fiel Mexi mit seinem Stuhl hintenüber, doch bevor er auf dem Boden aufschlagen konnte, wachte er nach Luft schnappend auf. Yuki lehnte mit besorgtem Gesicht über ihm, und die Möpse leckten an seinen Fingerspitzen.

»Alles okay, Mexi?«, fragte die Junghexe und half ihm auf die Beine.

»Ich ... ich hatte einen Albtraum«, sagte er. Dann fiel ihm alles wieder ein. »Wo ist die Königin?«

»Da hinten bei ihren Kindern«, sagte Yuki und deutete auf vier Wolken aus waberndem Eisdampf, drei kleine und eine größere, die gerade am Horizont verschwanden. Das Kichern der Fuchswölkchen wurde immer leiser, bis es schließlich nicht mehr zu hören war.

Es war viel wärmer als vorhin. Mexi sah sich um. Sie waren nicht mehr in der Gletscherschlucht. Sie saßen unter den knorrigen Ästen einer dicken Eiche, deren Blätter im nächtlichen Wind rauschten.

»Was ... was ist denn passiert?«, fragte Mexi.

»Die Königin«, sagte Yuki und kratzte sich am Kopf. »Sie muss uns aus der Gletscherschlucht gebracht haben. Nachdem du in Ohnmacht gefallen bist, hat sie dich für einen Augenblick ganz komisch angestarrt. Irgendwie traurig. Dann blickte sie mich an. Ich wurde ganz schläfrig, und als ich wieder aufgewacht bin, waren wir und die Hunde hier.« Yuki deutete auf den Baum. Simba war über einem angekauten Stöckchen im Gras eingedöst, und Nala jagte mit Begeisterung ein Glühwürmchen.

Mexi atmete ein paarmal tief durch. »Hast du auch so komisch geträumt?«, fragte er.

Yuki wackelte skeptisch mit den Ohren. »Nein, wieso?«

»Ich glaub, die Königin war in meiner Seele«, sagte Mexi. »Sie wollte mich warnen. Meine Eltern ... Ich glaube, sie sind in Gefahr!«

Yuki schaute ihn für einen Augenblick nachdenklich an. Dann schenkte sie ihm ein aufmunterndes Lächeln. »Aber sie sind doch mit meiner Oma unterwegs. Die wird schon auf sie aufpassen. Ich glaube nicht, dass du dir Sorgen machen musst.«

»Vielleicht«, sagte Mexi. »Aber ich möchte trotzdem lieber so schnell wie möglich zu ihnen.«

Yuki grinste ihn freudig an. »Kein Problem! Wir sind ja schon da!«

Mexi rieb sich verwundert den Kopf. »Hä, was?«

Lachend zog sie Mexi auf die Füße und hinter sich her. Gemeinsam spähten sie am Stamm der Eiche vorbei.

»Sieh nur«, rief sie begeistert. »Hast du jemals etwas so *Unglaubliches* gesehen?!«

Der Grenzturm

»Heeeeftig!«, staunte Mexi. »Die Miete für das Teil muss übertrieben sein!«

Er musste blinzeln, sonst wären ihm vor lauter Staunen die Augen rausgefallen. Die Eiche, unter der sie standen, wuchs auf einem kleinen Hügel. Etwas mehr als zweihundert Meter vor ihnen erhob sich der hell erleuchtete Grenzturm. Mexi musste den Kopf in den Nacken legen, um die Spitze sehen zu können. Die großen weißen Vögel, die er schon zu Beginn bemerkt hatte, umkreisten die obersten Stockwerke. Feuerwerk malte bunte Explosionen in den Nachthimmel. Mexi dachte an den Moment zurück, als er den Turm zum ersten Mal erblickt hatte. Oben auf der Schlotterspitze war es gewesen. Nachdem er die endlose Treppe in der Pension hinuntergestiegen war und vom Felsvorsprung aus ins Tal geblickt hatte. Schon aus der Ferne war der Turm eindrucksvoll gewesen, doch von Nahem kam ihm das Gebäude noch viel majestätischer vor.

Bestimmt hundert Meter ragte er in die Höhe. Etagen aus grob behauenen roten Steinblöcken wechselten sich mit geschwungenen Holzdächern ab, die Mexi an japanische Animes erinnerten. In der Mitte des Turms, an seiner breitesten Stelle, war ein weitläufiger, zu allen Seiten hin offener Garten angelegt worden. Die buschigen Sträucher und Baumkronen ragten weit über das Geländer hinaus. Rechts und links des Turms erstreckte sich die gigantische Grenzmauer. Zu beiden Seiten schlängelte sie sich kilometerweit durch die Landschaft. Sie sah ziemlich einschüchternd aus, mit ihren riesigen roten Steinblöcken und den klobigen Zinnen, die wie die Rückenzacken eines Leguans aus dem oberen Teil der Mauer herauswuchsen. Noch einschüchternder war nur die Wand aus dunklen Wolken, die sich hinter der Mauer im Schattenreich auftürmte. Blitze zuckten unheilvoll auf. Die Grenze hielt die Wolkenfront auf der anderen Seite, doch es sah so aus, als würde sie nur ihre Kräfte sammeln, um sich darüber hinwegzuwälzen.

BONG. BONG. BONG.

Die Glocken, die sie schon bis in den Hexenflugpark gehört hatten, erklangen wieder. So nah beim Turm waren sie so laut, dass Mexi sich am liebsten die Ohren zugehalten hätte. Das donnernde Geräusch ließ auch die beiden Möpse aufschrecken. Nala antwortete mit einem quietschigen Jaulen auf die Glockenschläge, während Simba aus seinem Schlummer erwachte und, das Stöckchen noch im Maul, die Öhrchen mit seinen Pfoten zu bedecken versuchte.

»Wahnsinn!«, schrie Yuki über den Lärm hinweg. «Ich dachte schon, dass der Turm groß ist. Aber ich hatte ja keine Ahnung, *wie* groß!«

Die Glocken verstummten wieder. Simba nahm die Pfoten von den Ohren und tapste zu Mexi. Er hatte seinen angekauten und vollgesabberten Stock dabei und ließ ihn vor Mexis Füßen ins Gras fallen.

»Du willst spielen, mein Dickerchen?« Mexi ging in die Knie, um Simbas Kopf zu streicheln. Der Mops rieb seinen Rücken genüsslich am Onesie und wackelte dabei hin und her. Eine solche Streicheleinheit konnte sich Nala natürlich nicht entgehen lassen und kam sofort angelaufen, um sich ebenfalls kraulen zu lassen. Sie entdeckte den Stock und wollte ihn gleich für sich beanspruchen, doch das gefiel Simba gar nicht. Nala schnappte sich das eine Ende des Holzstücks, Simba das andere, und gegenseitig zogen sie sich wie beim Tauziehen über die Wiese. Mexi schüttelte lachend den Kopf und richtete sich wieder auf.

»Wie ist jetzt der Plan?«, fragte er Yuki.

Die zeigte auf das Eingangstor des Turms. Zwei Wächter standen davor, die Fluffi verdächtig ähnlich sahen. Sie waren genauso fluffig-pelzig wie Buckels Begleiter, nur dass diese Versionen mindestens drei Meter groß und zwei Meter breit waren. Auf ihren Köpfen trugen die Puffel spitze Eisenhelme, die sie gefährlich und lächerlich zugleich wirken ließen. Vor den Wächtern hatte sich eine lange Schlange gebildet.

»Siehst du all diese Leute?«, fragte sie. »Die sind sicher wegen der Feierlichkeiten hier.«

Mexi kniff die Augen zusammen, um die Wartenden besser erkennen zu können. Im Licht einiger fliegender Laternen sah er eine bunte Karawane aus den unterschiedlichsten Wesen über eine breite Straße auf das Tor zuströmen. Sie liefen zu Fuß oder auf Tatzen, Pfoten und Hufen. Sie ritten auf allen möglichen und unmöglichen Reittieren oder fuhren auf großen Planwagen. Viele flogen auch auf eigenen Schwingen oder Besen, einige tauchten einfach aus dem Nichts der dunklen Nacht direkt vor der Mauer auf und schwebten die restlichen Meter bis zum Eingang.

»Du, Yuki ...«, setzte Mexi an. »Wenn da eine fette Straße ist ... Wieso haben wir die nicht genommen?«

Yuki lachte verlegen und fuhr sich mit einer Hand durchs Haar. »Na ja, vermutlich, weil ich in Erdkunde nie so gut aufgepasst habe?«

»Nicht dein Ernst?!«, rief Mexi entgeistert. »Wir sind ganz umsonst durch die Farblosen und die Eisschlucht gestolpert?«

Yuki hob abwehrend eine Hand. »War ein Scherz, tut mir leid. Schau, wo die Straße langführt. Sie verbindet den Turm mit den weit entfernten Reichen im Norden und Osten. Aber sie führt nicht durch das Tal.«

»Dein Glück«, schnaubte Mexi. »Sonst wäre ich jetzt echt sauer.«

»Ja, ich auch«, gab Yuki zu. »Aber wie kommen wir jetzt in den Turm? Wenn Oma deine Eltern wirklich mitgenommen hat, müssen sie da drin sein.«

Mexi legte nachdenklich den Kopf schief und betrachtete das Getümmel vor dem Tor. Eine Gruppe knorriger Zwerge mit Bärten aus verfilztem Moos zog eine große Salatschüssel aus Holz hinter sich her. Schlangenartige Drachenwesen schwebten über die Straße und balancierten auf ihren perlweißen Schuppen bunt bemaltes Porzellangeschirr. Ein uralter Mann mit spitzen Ohren und einem langen Wanderstab führte ein ponygroßes Mammut hinter sich her. Auf dem pelzigen Rücken des kleinen Elefanten war ein reifengroßer Käselaib festgezurrt.

»Warum bringen die all das Zeug mit?«, wollte er von Yuki wissen.

»Geschenke zum Fest«, erklärte sie. »Jedes Volk trägt etwas dazu bei. Geschirr, Besteck, Gewürze oder eine andere seltene Spezialität, die es nur bei ihnen gibt.«

Mit einem Mal ertönte ein ohrenbetäubendes Krachen aus Richtung des Turms. Die Erde unter ihren Füßen erzitterte. Die Hunde jaulten erschrocken auf, und auch Mexi und Yuki zuckten zusammen. Die Karawane hielt inne, die Reisenden reckten ihre Köpfe. Aufgeregtes Gemurmel drang zum Hügel hinauf. Dann ertönten Schreie. Das Dach über dem Eingang erbebte. Die Wachen, die darunter standen, duckten sich vor herabfallendem Schutt. Es ruckte und schwankte immer stärker, bis ein Eckstück des Gewölbes mit einem unnatürlichen blauen Funkenschlag herausbrach.

Mexi fürchtete schon, es würde auf die Leute darunter stürzen. Doch stattdessen baumelte das Trümmerteil blau schimmernd in der Luft, als würde es von unsichtbaren Fäden gehalten. Dann schwebte es nach oben, erst langsam, dann immer schneller, und flog schließlich zischend den Zwillingsmonden entgegen, bis Mexi es nicht mehr sehen konnte.

»Was war das denn jetzt?«, fragte er mit großen Augen.

»Keine Ahnung«, gab Yuki ratlos zurück. »Aber schau, da unten kommt Bewegung rein!«

Tatsächlich schienen es nun alle vor dem Tor deutlich eiliger zu haben. Die Wächter fuchtelten mit zotteligen Armen und mahnten die Leute zur Eile. In die Gesichter der Reisenden war ein nervöser Ausdruck getreten.

Mexi schnappte sich die beiden Hunde, einen links, einen rechts unter dem Arm, und deutete mit dem Kopf in Richtung des Eingangs. »Siehst du den Wagen da unten mit dem grünen Zeug auf der Ladefläche?«

Yuki folgte seinem Blick und nickte. »Ja. Wieso?«

Mexi grinste. »Das habe ich mal in einem Film gesehen. Die Helden verstecken sich in einem Heuwagen, um sich in die Burg des Schurken zu schmuggeln. Los, lass uns die Hektik da unten nutzen!«

Yuki zuckte skeptisch mit ihren Katzenohren. »Ich weiß ja nicht, Mexi. So was funktioniert doch nur im ... Hey!«

Mexi war schon losgerannt. Yuki sprintete hinter ihm her. Als sie die Straße erreichten, senkten sie die Köpfe, damit die anderen Reisenden ihre Gesichter nicht sehen konnten.

»Du bist verrückt, Mexi«, wisperte Yuki.

Eine bucklige Wanderin, deren Haut wie zerknitterte Alufolie schimmerte, warf ihnen einen misstrauischen Blick zu, um sich dann wieder ihrer elfenbeinfarbenen Spieluhr zu widmen, die sie wie einen kostbaren Schatz in den Händen hielt. Mexi zog Yuki bis an den hinteren Teil des Wagens, der von zwei Seepferdchen mit Beinen gezogen wurde. Der Geruch, der von der Ladung ausging, war salzig und leicht fischig, wie das Meer. *Na toll*, dachte Mexi. *Algen*. Gelenkt wurde der Wagen von zwei kleinen Goldfischen. Auch sie hatten Beine.

»Wer sind die kleinen denn?«, wollte Mexi wissen.

»Flopper«, flüsterte Yuki.

»Warte, wie im Hexenpark?«, hakte Mexi entsetzt nach. »Wo wir mit ihren Flossen bezahlen sollten?!«

Yuki zuckte mit den Schultern. »Ihre Flossen sind wie die Zähne bei Haien. Da klappen einfach immer wieder neue raus. Sie geben sie natürlich trotzdem nicht gerne ab, daher sind sie wertvoll.«

Mexi schüttelte es bei der Vorstellung, den armen Fischen ihre Flossen wegzunehmen. Sie schienen an ihrem Rücken deutlich besser aufgehoben. Unauffällig sah er sich um, ob sie beobachtet wurden. Doch die meisten Besucher des Festes waren nur noch damit beschäftigt, möglichst schnell voranzukommen. Sie schauten häufig nach oben, um zu sehen, ob ein weiterer Steinbrocken durch die Luft sauste.

»Rauf auf den Wagen!«, zischte er.

Er setzte Simba und Nala zuerst auf die Ladefläche, dann griff er nach dem Holzrahmen, um sich selbst hochzuziehen. Yuki sprang elegant hinterher. Die Algen gaben unter ihrem gemeinsamen Gewicht nach und machten ein eklig schmatzendes Geräusch, als sie bis zum Bauch darin einsanken. Mexi rümpfte angewidert die Nase, und auch Yuki verzog das Gesicht, während beide in die Knie gingen und weiter und weiter vom Glibber bedeckt wurden. Simba war sein neuer Untergrund ganz und gar nicht geheuer, weil er ständig wegrutschte. Der kleine Mops paddelte mit den Vorderbeinen, als würde er zu schwimmen versuchen. Nala stellte sich geschickter an, drehte sich auf den Rücken und wälzte sich ausgiebig.

»Los, Bauchkraulen!«, sagte Mexi leise.

Ohne diese Anweisung infrage zu stellen, streckte Yuki ihre Hand nach ihm aus.

»Nicht meinen Bauch!«, stellte Mexi eilig klar. Seine Wangen liefen hochrot an. »Bei den Hunden! Wir müssen ganz in das Zeug hier abtauchen. Und die Hunde sind nur dann garantiert ruhig, wenn man ihnen den Bauch krault.«

Yuki verstand und angelte nach dem nächsten Mopsbein, das sie erwischen konnte. Es war Nala, die mit einem erschrockenen Wuffen in das Algenmeer hinabglitt. Mexi schnappte sich Simba, hielt ihn vor seine Brust und kringelte sich um ihn, ehe sich die Algendecke über ihm schloss. Er selbst bekam nicht sonderlich gut Luft, aber Simba war durch seinen Körper geschützt. Der Mops kuschelte sich an ihn und ließ sich von seinem Herrchen in den Schlaf kraulen, während der Wagen unter ihnen über das Kopfsteinpflaster rumpelte.

Es dauerte nicht lange – auch wenn es Mexi in seinem stinkigen Versteck wie eine Ewigkeit vorkam, und der Wagen hielt an.

»DUMBELDUMBELDU«, hörte er eine dröhnende Stimme sagen. Das musste einer der Wächter sein, die den Eingang bewachten.

Die Seepferdchen wieherten, und das Gefährt setzte sich wieder in Bewegung. Viel weniger rumpelnd ging es einige Meter weiter. Sie hatten also die Straße mit dem Kopfsteinpflaster hinter sich gelassen. Die Hufe der Seepferdchen hallten jetzt laut von Steinen wider. Sie mussten sich in einem Raum befinden. Stimmengewirr und das Knistern großer Feuer waren zu hören. Der Wagen kam erneut zum Stehen, und die beiden kleinen Fische sprangen herab. Ihre Schritte entfernten sich platschend über den Steinfußboden.

Vorsichtig schaute Mexi durch die Algenblätter nach draußen. Sie befanden sich in einem Kellergewölbe, groß wie das Innere einer Kirche. Überall brannten helle Feuer in Kaminen und Eisenschalen und ließen die Schatten tanzen. Über ihnen an der Decke baumelten baumdicke Rüben und getrocknete Kräuterbüschel. Unzählige Säcke Kartoffeln, Zwiebeln und anderes Gemüse, das Mexi nicht kannte, standen herum. Außerdem weitere Wagen wie der, in dem sie selbst hockten. Braunfellige Puffel schleppten Kisten, Tontöpfe, Schalen und Säcke zu zwei primitiven Seilaufzügen am Ende der Halle. Sie beluden die Kabinen und ließen sie dann nach oben fahren. Alle waren so beschäftigt, dass niemand dem Karren mit den Algen große Aufmerksamkeit schenkte.

»Das ist unsere Chance!«, flüsterte Mexi und tastete nach Yuki. Er fand ihren Arm und zupfte daran.

Mit dem Haar voller Grünzeug und einer friedlich schlafenden Nala im Arm tauchte das Mädchen auf. Sie schaute sich schnell um, verschaffte sich einen Überblick über die Lage und zeigte dann auf einen gemauerten Durchgang in der Kellerwand, vor der ihr Karren stand. Stufen aus Stein führten dort nach oben.

Lautlos glitten die zwei mit den dösenden Möpsen von der Ladefläche und schlichen bis zur Treppe. Mexi traute sich kaum zu atmen. Das Herz schlug ihm bis zum Hals. Doch niemand bemerkte sie. Als sie sicher im Gang angekommen waren, stieß er erleichtert die Luft aus und setzte Simba ab. Müde blinzelte der Mops ihn an und gähnte, wobei sich seine Zunge kringelte. Yuki tat das Gleiche mit Nala, die sich ausgiebig streckte.

»Wir haben es geschafft!«, jubelte Yuki mit unterdrückter Stimme.

Mexi winkte ab. »Klar, meine Pläne klappen immer!«

Gemeinsam pirschten sie die Stufen hoch und erreichten am oberen Ende einen langen Korridor. Auch hier standen überall Kisten herum, Vasen so groß wie Mexi selbst und riesige Fässer. Hinter einem dunklen Eichenfass versteckten sie sich. Am Ende des Flurs befand sich eine graue Holztür. Nala lauschte. Ihr rechtes Ohr zuckte.

»Nala hat etwas gehört«, sagte Mexi.

Yuki lauschte nun auch mit ihren Katzenohren. »Sie hat recht! Ich glaube, dahinten kommt jemand.«

Die Holztür wurde aufgerissen. Der Geruch von in Butter gebratenen Zwiebeln strömte in den Gang. Für einen Augenblick war geschäftiges Brabbeln und das Klappern von Töpfen zu hören, dann fiel die Tür hinter einem unförmigen Schatten ins Schloss. Zwei rote Augen leuchteten auf.

»Diese Puffel-Amateure«, erklang eine staubige Stimme, die sich anhörte, als würde sie sich in einer modrigen Gruft am wohlsten fühlen. Offenbar sprach sie zu sich selbst, denn es war sonst niemand zu sehen. »In jeder Suppe finde ich ihre Fussel. Sie könnten sich wenigstens die Haarnetze aufsetzen, die ich ihnen gegeben habe. Aber nein, ›Dubeldu‹ hier, ›Dubeldi‹ da ... Was würde ich dafür geben, einmal mit Profis zu kochen!«

Yuki zog Mexi an der Kapuze. »Komm, der Typ sieht gruselig aus. Lass uns lieber verschwinden.«

Sie stiegen die Treppe weiter hinauf, bis ein kleiner Torbogen von einem Treppenabsatz abging, der mit einem schweren Vorhang verhangen war. Vorsichtig schob Mexi den Stoff ein wenig zur Seite und spähte dahinter hervor. Vor ihm lag eine prächtige Eingangshalle. Überall standen Wesen in kleinen und größeren Gruppen zusammen und unterhielten sich. Hier kamen wohl die Reisenden an, die keine Lebensmittel, sondern andere Geschenke mitbrachten. Ein großer Berg aus Besteck, Geschirr, geschnitzten Kerzenleuchtern, schweren Truhen, Schmuck und kostbaren Stoffen türmte sich unter einer Hexenstatue aus weißem Marmor auf.

Auch hier liefen fleißige Puffel umher und brachten die Waren zu den langsam aufsteigenden Aufzügen, die sie bereits im Keller gesehen hatten. In den Kabinen befanden sich keine Lebensmittel mehr. Mexi vermutete, dass die Fahrstühle erst in der Küche ein Stockwerk unter ihnen haltmachten und alles Essbare dort ausgeladen wurde.

»Lass mich auch mal gucken«, sagte Yuki und schob Mexi ein Stückchen zur Seite, damit beide etwas sehen konnten.

Andere Puffel waren damit beschäftigt, den Raum auf Hochglanz zu polieren. Wie kleine Akrobaten schlugen sie Purzelbäume über den Boden, kletterten die Säulen hinauf in jede noch so abgelegene Ecke, um sie mit ihrem Fell von Staub und Spinnweben zu befreien. Wo der gröbste Schmutz beseitigt war, sprangen sie in einen Wassereimer und glitschten »Dubeldudu!« rufend auf ihren patschnassen Fellhintern über den Holzboden, bis er blitzeblank glänzte. Nur von einem riesigen schwarzen Portal am gegenüberliegenden Ende der Halle hielt sich die Putzkolonne fern. Hier stand ebenfalls eine Statue, nur war sie aus schwarzem Stein und zeigte keine Hexe, sondern einen dämonenhaften Echsenkrieger. Eine schwarze Krone saß auf seinem Kopf.

»Ist das der Eingang von der ... anderen Seite? Vom Schattenreich?«, fragte Mexi leise.

Yuki nickte. Sie drehte ihren Kopf weg, um gar nicht erst in die Richtung des Portals schauen zu müssen. Plötzlich weiteten sich ihre Augen.

»Äh, Mexi ...«, stammelte sie und zeigte die Wand entlang.

Simba lief soeben schnurstracks auf eine prächtige Säule zu und hob das Bein. Als er sein Geschäft verrichtet hatte, scharrte er zweimal demonstrativ auf dem Steinboden und trottete dann stolz zu seiner Gruppe zurück.

»Bist du irre?«, zischte Mexi ihn an, als er wieder bei ihnen im Gang stand. »Wenn dich jemand gesehen hätte!« Die Puffel, die bald mit ihrem nassen Fell über diese Stelle rutschen würden, taten ihm jetzt schon leid.

Ein dunkles Horn erschallte hinter dem geschlossenen schwarzen Portal. Die Besucher in der Halle zuckten erschrocken zusammen und versammelten sich umgehend bei der Hexenstatue, als suchten sie Schutz.

»Es kommt jemand von der anderen Seite«, hauchte Yuki. Sie war ganz blass geworden.

»Komm, wir gehen weiter nach oben«, sagte Mexi. »Vielleicht ist da ein Fenster. Dann können wir uns das Schattenreich mal ansehen.«

Über die enge Treppe ging es in das nächste Stockwerk. Mexi vermutete, dass sich die Treppe an der Innenseite des Turms wie bei einem Korkenzieher hinaufschlängelte. Und tatsächlich, als sie endlich einen kleinen Austritt fanden, der nach draußen führte, befanden sie sich direkt über dem schwarzen Portal, das vorhin noch ihnen gegenüber gewesen war. Ein heißer Wind, der nach faulen Eiern stank, wehte ihnen ins Gesicht. Die beiden Möpse hatten die Schwelle noch nicht ganz überschritten, da machten sie zeitgleich einige Schritte rückwärts, um dem stechenden Geruch zu entkommen.

»Okay, ihr könnt im Flur warten«, sagte Mexi, der Simba und Nala nur zu gut verstehen konnte. »Aber nicht weglaufen, hört ihr?«

Simba legte den Kopf schief, als wollte er fragen, wohin sie denn schon gehen sollten, und Nala nutzte die Gelegenheit, um am runterhängenden Ohr ihres Mopsfreundes zu kauen.

Mexi und Yuki traten hinaus. Vor ihnen lag das Schattenreich. Eine karge Steinwüste erstreckte sich bis zum Horizont. Pflanzen gab es in dieser Einöde kaum. Nur vereinzelt reckte ein halb toter Baum seine Äste dem finsteren Himmel entgegen. Blitze zuckten aus dunklen Wolken, die sich bedrohlich über schroffen Bergen zusammenballten. Vulkane spuckten Lava, die sich wie zähflüssiger Schleim in die Täler ergoss.

Wieder erschallte das dunkle Horn. Eine riesige Streitmacht marschierte im Gleichschritt auf den Grenzturm zu. Eng gestaffelt liefen die Soldaten hintereinander, als würde eine gigantische Schlange auf den Turm zukriechen. Polternd und schnaufend kam das Ungeheuer näher.

Es war eine ebenso bunt zusammengewürfelte Mischung wie auf der anderen Seite des Turms, nur wirkten hier alle ziemlich schaurig. Mexi konnte Piraten erkennen, Skelette, fette Vogelspinnen in Hundegröße, rote und blaue Krieger mit eckigen Körperformen. Auf einem ausladenden Holzgestell zogen stämmige Orks eine Krake so hoch wie ein Haus hinter sich her. Katapulte fuhren an den Seiten, von Bogenschützen begleitet. Den Kopf der Armee bildete ein überaus hässliches Wesen. Wie eine fette Kröte hockte es auf einem schwarzen Thron, der von unzähligen kleinen Echsenwesen getragen wurde.

»Das Ungeheuer trägt dieselbe schwarze Krone wie die Statue des Schattenkaisers«, überlegte Mexi.

»Ich fürchte, das *ist* der Schattenkaiser«, bestätigte Yuki und blinzelte verwundert. »Er sieht irgendwie anders aus als seine Statue.«

»Hat wohl ganz schön zugelegt, der Gute«, scherzte Mexi.

Einer der Soldaten der vordersten Reihe blies kräftig in ein Knochenhorn. Erneut ertönte das Geräusch, das die Leute in der Eingangshalle so erschreckt hatte. Der Boden vibrierte. Ein weiterer Steinbrocken wie eben am Eingangstor löste sich aus der Wand des Grenzturms und schoss blau leuchtend in den Himmel, wo er neben dem obersten Stockwerk verharrte. Ein Quietschen und Rumpeln durchschnitt die Nacht. Wie von Zauberhand öffnete sich das dunkle Portal am Fuße des Turms.

»Wir müssen uns beeilen«, sagte Yuki.

Dankbar, aus der miefigen Luft zu kommen, verließ Mexi den Balkon. Etage für Etage stiegen sie die Wendeltreppe weiter hinauf, umrundeten Stockwerk für Stockwerk. Jeder Gang, der von den Stufen abzweigte, lag verlassen und dunkel da. Schon nach zwei Stockwerken hatte Simba keine Lust mehr auf die Kletterei, setzte sich hin und war nicht zum Weitergehen zu überreden. Mexi musste ihn tragen. Treppensteigen war wirklich nichts für Möpse – außer für Nala. Sie schien unendliche Energie zu haben, denn sie lief voraus, selbst als Yuki und Mexi schon schnauften.

In der vierten Etage trafen sie endlich auf einen Gang, der anders aussah als die davor. Er wurde von vielen schwebenden Laternen beleuchtet, und ganz am Ende meinte Mexi ein bekanntes Schimmern zu entdecken.

»Das ist doch Fluffis Laterne!«, flüsterte er und zeigte nach vorne.

Yuki strich sich eine Haarsträhne aus dem Gesicht und beugte sich vor, um besser sehen zu können. »Du hast recht«, sagte sie. »Wo Fluffi ist, kann Buckel nicht weit sein. Jetzt werden wir hoffentlich erfahren, wo deine Eltern sind.«

Sie verließen den Treppenschacht und bogen in den Gang ab, aus dem das schillernde Regenbogenlicht kam, doch statt den Puffel und den Kater zu finden, standen sie plötzlich in einer riesigen Lagerhalle. Hier wurden die Gaben der Besucher aufbewahrt. Bis zur Decke stapelten sich wertvolles Porzellan, Besteck und viele andere funkelnde Kostbarkeiten. Nicht weit von ihnen rumpelte wieder der Aufzug, den sie in der Vorratskammer und in der Eingangshalle gesehen hatten. Geschäftige Puffel huschten im Saal umher und räumten die vollen Kabinen aus. Andere Puffel sortierten die Geschenke. Vor allem Besteck und Geschirr schien es ihnen angetan zu haben. Sie hatten einen Berg von bestimmt zwei Metern Höhe nur aus goldenen Teelöffeln aufgehäuft.

Aber Mexi hatte kein Interesse an all den Geschenken. Sein Blick war starr geradeaus gerichtet, auf die Mitte des Raumes. Dort stand das Hotelbett seiner Eltern. Sie saßen aufrecht darin und schliefen unter einer

Puffel-Laterne, die so groß war wie ein Kronleuchter. Sie trugen ihre babyblauen Schlafanzüge im Partnerlook, die Mexis Mutter letztes Jahr im Sonderangebot gekauft hatte.

Mexi machte einen Schritt auf sie zu.

Etwas zog an seinem Ärmel und riss ihn zurück in den Gang. Es war Yuki, die sich die Augen mit der freien Hand bedeckte. Blinzelnd und gähnend versuchte Mexi, sich loszureißen.

»Ich muss zu meinen Eltern!«

»Du musst dir vor allem die Augen zuhalten!«, befahl Yuki. »Die Lampe lässt dich sonst einschlafen!«

Mexi wollte nicht auf sie hören. Er wollte in diesen Raum hineinstürmen, die Lampe von der Decke reißen und sie kaputt machen, damit seine Eltern wieder aufwachten. Wenn er doch nur nicht so müde wäre ... Er müsste sich nur einen kurzen Moment hier gegen diese gemütliche Steinmauer lehnen und kurz ausruhen, danach würde er ...

»Oh, verflixt!«, hörte er Yuki wie aus weiter Ferne schimpfen.

Langsam hob er den Kopf, von dem er gar nicht gemerkt hatte, dass er ihm auf die Brust gesunken war. Nala tapste gerade gähnend auf den Teelöffelberg zu und begann daran zu schnuppern. Mexi fielen die Augen schon wieder fast zu, aber er konnte sich trotz des Schlafzaubers denken, was gleich passieren würde. Alles lief wie in Zeitlupe ab: Nala drehte sich mit der Seite zum Löffelberg und ließ sich von dem harten Metall den Rücken kratzen. Die Löffel gerieten ins Rutschen, und das ganze Gebilde stürzte unter einem Höllenkrach zusammen. Wie eine Flutwelle ergossen sich Abertausende Teelöffel in die Halle.

Alle Puffel drehten sich gleichzeitig um und eilten mit emporgestreckten Ärmchen wild schnatternd zum Unglücksort. Das war seine Chance, dämmerte es Mexi. Auch wenn sein Geist nur noch sehr langsam funktionierte, er funktionierte. Träge hob er die Hand vor die Augen und torkelte einen Schritt in die Halle auf seine Eltern zu, aber Yuki zog ihn sofort in die andere Richtung.

»Vergiss es, Mexi!«, redete sie auf ihn ein, während sie ihn hinter sich her zu der Wand mit den Aufzügen zerrte und dabei ständig über irgendetwas auf dem Boden stolperte. Sie hatte die Augen fest zugekniffen und tastete sich mit einer Hand an der Wand entlang. »Wir finden meine Oma, und dann klären wir das!«

Mexi war zu müde, um ihr zu widersprechen. Er schaute sich nach Simba und Nala um, die mehr gähnten, als dass sie liefen, aber sie kamen brav hinterher. Ein Schubser brachte ihn aus dem Gleichgewicht. Er wollte sich an der Wand abstützen, doch da war keine Wand. Wie ein nasser Sack kippte er nach vorne. Kurz darauf war Yuki neben ihm, und acht kleine, warme Mopspfoten trampelten auf seinem Gesicht herum. Es war ihm egal. Mexi wollte einfach nur schlafen.

Mexi war sich nicht sicher, ob er wach war oder träumte. Er saß in einer dunklen Holzbox, und die unglaublichsten Dinge zogen an ihm vorbei. Ein Schwimmbad mit silbernen Fliesen und goldenen Springbrunnen, in dem die Reisenden sich den Schmutz von der Reise abwuschen. Ein dampfverhangener Raum, in dem Puffel in schaumigen Wasserbottichen Wäsche wuschen oder sie auf riesigen Holzbrettern bügelten. Über ihre knubbligen Pfoten hatten sie dicke Handschuhe gestreift und rollten heiße Vulkansteine auf dem Stoff umher.

Das Bild hielt einen Moment inne, und ein verschwitzter Puffel warf voller Eile ein paar ordentlich gebügelte Tischtücher in Mexis Box. Der Stoff fühlte sich angenehm warm auf seinem Gesicht an und roch nach frischen Blumen.

Als Nächstes sah er einen Saal, dessen Boden mit grünem Rasen überwuchert war. Überall wuchsen fremdartige Pflanzen, Bäume und Sträucher. Der Duft ihrer Blüten wehte herbei. Es roch nach Rosen und Hagebutten und, wie immer in dieser Welt, nach einem Hauch von Zimt. Vier breite Marmorsäulen trugen die hohe Decke, dahinter leuchteten am Nachthimmel die Sterne mit zwei Sichelmonden um die Wette.

Es kam ihm so vor, als müsste er wissen, wo er sich befand. Eine Erinnerung kratzte an seinem Bewusstsein. Eine Erinnerung an zwei Sichelmonde.

»He, Schlafmütze.« Ein spitzer Finger pikste ihn in die Seite.

Überrascht schaute sich Mexi um. Er war nicht allein in seiner Holzbox. Yuki saß neben ihm, halb begraben unter weißen Tischdecken. Auch er war zugedeckt. Aber wo waren Simba und Nala? Hektisch wühlte er in der Tischwäsche nach ihnen und atmete erleichtert auf, als er ihre kleinen Körper ertastete. Sie lagen zu einem Mopsknoten zusammengekuschelt unter den Decken.

»Wo ...?« Mit einem Mal kamen alle Erinnerungen wieder. Der Turm. Seine Eltern. Die Lampe! »Wir sind im Aufzug, oder?«

Yuki nickte. »Hab dich nicht wach gekriegt.«

»Wir müssen zurück«, sagte Mexi mit so viel Überzeugung, wie er aufbringen konnte. »Deine Oma hat meine Eltern entführt. Wir müssen sie retten!«

»Pssst, nicht so laut!«, zischte Yuki und legte den Zeigefinger an die Lippen. »Oma wird das alles erklären können!«

Ein Ruck folgte, und der Aufzug hielt an. Er war nicht der einzige Fahrstuhl, der hier haltmachte. Am anderen Ende des Saals, der eigentlich ein gigantischer Garten war, sah Mexi weitere Lifte ankommen und abfahren. Der ganze Turm schien von Aufzügen durchzogen, mit denen die Puffel alles Nötige zur Vorbereitung des Friedensmahls transportierten.

Von allen Stockwerken im Turm war dieses hier das geschäftigste. Durch die Äste eines Obstbaumes mit goldenen Äpfeln sah Mexi einen riesigen Tisch, der mindestens so lang und breit war wie die Laufbahn auf dem Sportplatz von Mexis Schule. Dutzende Puffel liefen hastig über den kurz gemähten Rasen und deckten den Tisch mit Untersetzern, Tellern, polierten Gläsern und Besteck, das sie sicher aus der Lagerhalle hatten, in der Mexis Eltern gefangen waren.

»Hier scheint das Fest stattzufinden«, schlussfolgerte er.

»Schau mal«, sagte Yuki. »Der Schatten da am Ende der Tafel. Den kennen wir doch!«

An der Spitze des Tischs saß, umgeben von zehn finster dreinblickenden Echsengenerälen, der fette Schattenkaiser.

»Die Reise hat sich gelohnt«, sagte er mit einer Stimme, die sich wie ein schlecht gelauntes Gewitter anhörte. »Heute wird dieses Land endlich mir gehören!«

»Ganz recht, oh kaiserliche Allschrecklichkeit«, antwortete ein kleiner feuerroter, etwas angespannt wirkender Salamander, der vor ihm auf der Tischplatte stand. Er trug eine lange schwarze Weste und eine Schlappmütze, die wie eine tote Qualle auf seinem schuppigen Kopf lag. »Diesmal werden sie den Vertrag nicht rechtzeitig erfüllen können. Schaut nur, wie verzweifelt die Fellkugeln die Tafel decken. Meine Spione flüsterten mir, dass es in der Küche wohl Probleme mit der Zubereitung einer Vertragsspeise gebe.«

Der Salamander deutete auf eine Landkarte, die er für seinen Meister auf dem Tisch ausgebreitet hatte. Gierig strich der Kaiser mit seinen schleimigen Händen über das Papier.

»Das ist Musik in meinen Ohren!«, sagte er und quakte böse. Sein gigantischer Bauch schwabbelte. »Meine Armeen werden sich durch diese Lande fressen wie hungrige Heuschrecken. Und danach ist die Welt der Menschen dran.«

Der Salamander mit der Schlappmütze nickte begeistert, und der Kaiser lachte mit einem Geräusch wie brackiges Sumpfwasser, das über einen brodelnden Kochtopf schwappte. Es war das schrecklichste Geräusch, das Mexi je gehört hatte.

»Wovon reden die da?«, fragte Mexi.

»Keine Ahnung«, erwiderte Yuki. »Aber es ist auf jeden Fall nichts Gutes. Wir müssen unbedingt zu meiner Oma. Und zwar schnell.«

Mexi nickte widerwillig. Die Wahre Welt und wahrscheinlich auch die Welt der Menschen waren offensichtlich in großen Schwierigkeiten. Und das Schlimmste war, dass all das hier – der Schattenkaiser, das Friedensmahl und Buckels Zimtsoße – irgendwie mit seinen armen Eltern zu tun haben musste.

Ein Puffel rannte zu ihrem Aufzug, schnappte sich einige der Tischdecken, unter denen sich die Kinder versteckt hatten, und drückte auf einen Knopf. Er war so in Eile, dass er Mexi und Yuki nicht einmal bemerkte. Das Innere der Kabine rumorte, und sie setzten ihren Weg nach oben fort.

Der Plan

Die Suche nach Oma Zinkenzuck gestaltete sich schwieriger als erwartet. Der Grenzturm war einfach zu weitläufig. Mexi und Yuki hatten keine Ahnung, in welcher Etage sie mit der Suche anfangen sollten.

Die Erschütterungen des Turms kamen mittlerweile in immer kürzeren Abständen. An manchen Stellen waren große Steinblöcke verschwunden, sodass man durch riesige Löcher in den Wänden in die Nacht hinausschauen konnte. Yuki hatte keine Erklärung dafür, wieso sich der Turm aufzulösen schien, aber es beunruhigte sie sehr.

Sie fuhren mit dem Fahrstuhl immer weiter nach oben. Einige Stockwerke erinnerten Mexi mit ihren hellen Gängen, knarzenden Holzböden und Blumentapeten, die alle Besucher freundlich willkommen hießen, an Oma Zinkenzucks Pension. Hier schlurften erschöpfte Besucher durch die Gänge. Müde von der langen Reise suchten sie freie Zimmer, um sich vor dem Friedensmahl noch eine kurze Weile ausruhen zu können.

Andere Etagen glichen dem Inneren einer Burg. Auf dem harten Steinboden hatten die Soldaten des Schattenkaisers ihre Zelte aufgeschlagen und stritten sich darum, wer die staubigen Rüstungen ölen musste.

Nala erwachte aus ihrem Schlummer. Mexi legte dem Mopsmädchen sanft die Hand auf die Schnauze, damit sie beim Anblick der zischenden Echsenwesen nicht laut loskläffte. Simba befand sich noch immer in tiefem Puffel-Schlaf und machte dabei die niedlichsten Geräusche, die man sich nur vorstellen kann. Seine Pfoten zuckten, als würde er davon träumen, ein geliebtes Spielzeug zu verfolgen.

Nach einer Weile wurde die Aufzugskabine langsamer, und sie erreichten ein Dachstockwerk, in dem der Aufzug zum Stehen kam.

»Wir sind ganz oben«, sagte Mexi und stieg zusammen mit Yuki aus dem Fahrstuhl aus. »Und immer noch keine Spur von deiner Oma«.

Er half Nala aus der Kabine und nahm Simba auf den Arm. Am einfachsten konnte man den Mops wecken, indem man ihn an den Pfoten kitzelte. Mexi hatte sofort Erfolg. Simba zuckte und versuchte, seine Beine vor dem unbarmherzigen Kitzeln zu verstecken. Als es ihm nicht gelang, musste er wohl oder übel aufwachen.

»Willkommen zurück, Großer«, begrüßte Mexi sein verschlafenes Haustier und setzte den Hund auf den Boden. Simba kratzte sich ausgiebig am Ohr und wehrte dann einige Spielversuche von Nala ab.

Mexi und Yuki sahen sich um. Sie standen in einem recht trostlos wirkenden Gang, der einige Meter weiter vorne eine scharfe Rechtskurve machte. Ein schwarzer, buschiger Schwanz zuckte hinter der Ecke hervor, um einen Augenblick später wieder zu verschwinden.

»Diesen Katzenschwanz kenne ich doch!«, rief Mexi überrascht.

»Und ich erst«, stimmte Yuki zu. Der Ärger in ihrer Stimme war unverkennbar. »Und mit dem Besitzer habe ich noch ein Hühnchen zu rupfen, nachdem er mich im Flugpark so schamlos zurückgelassen hat!«

Sie rannten dem Katzenschwanz hinterher und schlitterten über den glatten Boden um die Ecke. Im letzten Moment sahen sie Buckel und Fluffi mit dem Soßentopf hinter einer Doppeltür verschwinden. An der blank polierten Holztür hing ein Schild. »Organisationszentrale für das große Friedensmahl« stand darauf geschrieben. Yuki sprintete zur Tür und wollte schon hineinstürmen, doch Mexi hielt sie zurück.

»Warte! Lass uns erst mal rausfinden, was da drinnen abgeht.«

Yuki schaute ihn missmutig an, dann nickte sie. Die beiden pressten ihre Ohren an das glatte Holz der Tür.

»Da seid ihr ja endlich«, sagte eine alt klingende Stimme, die Mexi sehr bekannt vorkam. Auch wenn sie durch die dicke Tür nur schlecht zu verstehen war. »Ihr hättet schon vor Stunden mit der Soße hier sein sollen. Ihr wisst doch, dass sie die letzte Zutat für den Friedensbraten ist.«

»Aber das ist doch meine …!«, sagte Yuki überrascht.

»Psst!«, erwiderte Mexi. »Lass uns erst mal weiter lauschen.«

»Wir haben es doch noch rechtzeitig geschafft«, ertönte Buckels Stimme kleinlaut. »Du kannst dir nicht vorstellen, was ich alles durchmachen musste, um Fluffi hierher zu schaffen. Und seine kurzen Beine haben die Sache nicht leichter gemacht.«

»Dubeldu!«, rief der Puffel verärgert.

»Fluffi hat recht«, sagte die älter klingende Stimme. »Schieb ihm jetzt nicht die Schuld in die Schuhe.«

Die Stimmen waren nur schwer zu verstehen. Unbewusst pressten Mexi und Yuki ihre Ohren fester an das Holz. Es machte klick. Das Türschloss öffnete sich, und die beiden stürzten mit tosendem Gepolter und gefolgt von lautem Gebell ins Zimmer hinein.

Buckel fauchte erschrocken, Fluffi rutschte beinahe wieder der Soßentopf vom Kopf, und Oma Zinkenzuck starrte ihre Enkelin ertappt an.

»Yuki?«, fragte sie lahm.

»Oma!«, rief Yuki anklagend.

»Mexi!«, rief Mexi, weil ihm auf die Schnelle nichts Besseres einfiel.

Er musterte die alte Frau genauer. Kein Zweifel. Das war Oma Zinkenzuck! Doch sie sah anders aus als in der Pension. Ihr Kopf wirkte größer, das Gesicht deutlich hexiger, und ihre Nase war ein gewaltiges Stück dicker und länger. Den knallgelben Jogginganzug aber trug sie noch immer.

»Was zum Blocksberg macht ihr denn hier?«, schimpfte die alte Frau und schaute Buckel verärgert an. »Ist das etwa auch auf deinem Mist gewachsen?«

Abwehrend hob der Kater die Pfoten. »Unsinn. Von Yuki wollte ich dir noch erzählen! Sie und ihr Echsen-Freund haben uns die ganze Zeit verfolgt. Jetzt haben sie sich sogar in den Turm geschlichen!«

»Dino!«, polterte Mexi und rappelte sich vom Boden auf.

Simba trottete zu seinem Herrchen, während sich Nala auf ihren guten Freund Fluffi stürzte und zur Begrüßung an ihm hochsprang. Der Puffel hüpfte von einem Bein aufs andere und brabbelte aufgeregt vor lauter Angst um seinen Kessel.

Oma Zinkenzuck stemmte die Hände in die Hüften. »Yuki! Wieso hast du den Dino-Jungen aus unserer Pension hergebracht?« Die alte Frau lehnte sich zu ihrer Enkelin vor. »Du weißt schon, dass er ein *Mensch* ist, Kleines? Lass dich nicht von seiner *stümperhaften* Verkleidung täuschen.«

»Stümperhaft?«, wiederholte Mexi beleidigt.

Yuki verzog irritiert das Gesicht. »Ja, klar weiß ich, dass Mexi kein Dino ist, Omi! Du hältst mich echt für ein Kleinkind oder? Aber wenn ich dein Internet reparieren soll, dann bin ich wieder alt genug. Also ich sag dir mal, was ich von der ganzen Sache hier halte. Ich …«

»Ach, Yuki. Du wirst *immer* meine kleine Junghexe sein«, unterbrach Oma Zinkenzuck ihre Enkelin mit leuchtenden Augen. »Ich weiß noch, wie du damals das erste Mal auf deinem Spielzeugbesen durch die Pension gehüpft bist. Weißt du noch, wie du …?«

Yuki verdrehte die Augen. Während Oma Zinkenzuck weiter schwärmte, schaute Mexi sich im Zimmer um. Sie waren in einem chaotischen Büro gelandet, das bis obenhin vollgestopft war mit Krimskrams. Überall lagen Servietten, die von beiden Seiten mit Notizen vollgeschmiert waren. In kleinen Krügen und Töpfchen und Körben lagerten Lebensmittel wie in der Vorratskammer. Daneben türmten sich einzelne Gläser, Bestecke, Stofffetzen, und Schmuckstücke. Wahrscheinlich Stichproben für das Festessen. Ein klobiger Schreibtisch stand in der Mitte des Raums. An der Wand hing eine Schiefertafel, vor der ein kleiner Hocker stand. Auf die Tafel hatte Oma Zinkenzuck eine ausufernde To-do-Liste geschrieben. Die meisten Punkte waren abgehakt. Nur hinter zwei Wörtern, »Buckel« und »Soße«, standen große Fragezeichen. Mexis Blick fiel zurück auf Oma Zinkenzuck, die immer noch in Erinnerungen an die kleine Yuki schwelgte. Yuki hatte vergeblich versucht, ihrer Großmutter ins Wort zu fallen.

»... und weißt du noch, Yuki? Wie schön es war, als wir deinen ersten Dämon beschworen haben? Ich war ja so stolz auf dich!«

»Omi, bitte! Wir haben da jetzt keine Zeit für!«, schaffte es Yuki endlich, Oma Zinkenzuck zu unterbrechen.

Auch Mexi hatte genug. »Sie haben meine Eltern entführt!«, platzte es aus ihm heraus.

Beschämt wandte Oma Zinkenzuck den Kopf ab, sagte aber nichts.

»Omi! Hör mir zu«, sagte Yuki eindringlich. »Mexi ist nur hier, weil er seine Eltern gesucht hat. Wir haben sie unten in der Lagerhalle gefunden. Sie wurden von einer Schlaflaterne gefangen gehalten. Ich finde, du schuldest uns eine Erklärung!«

»Also, das hat einen ... einen ganz einfachen Grund«, stammelte Oma Zinkenzuck. »Mexis Eltern haben über Schlaflosigkeit geklagt, und da habe ich sie spontan hierher mitgenommen, damit sie sich mithilfe der Schlaflampen mal ordentlich ausruhen können.«

»Echt jetzt?«, fragte Mexi skeptisch. Von Schlafproblemen seiner Eltern hätte er doch wohl gewusst.

»Ja, klar«, sagte Oma Zinkenzuck mit einem schiefen Lächeln. Ihre riesige Nase, die sonst so freundlich beim Lächeln gezuckt hatte, zitterte jetzt wie Wackelpudding.

»Versuch es gar nicht erst, Omi«, ging Yuki dazwischen. »Jeder sieht, dass deine Nase wackelt.«

Mexi drehte fragend den Kopf zu Yuki. »Wieso? Was bedeutet es, wenn ihre Nase wackelt?«

»Dann lügt sie«, erklärte Yuki.

Mexi versuchte fieberhaft, sich daran zu erinnern, wann die Nase von der alten Zinkenzuck in der Pension gezuckt hatte. Es kam ihm so vor, als wäre das bei jedem Satz der Fall gewesen!

»Sag die Wahrheit, Omi!«, unterbrach Yuki seine Gedanken. »Was geht hier wirklich vor?«

»Die Wahrheit«, sagte Buckel spöttisch. »Genau deswegen haben Kinder hier nichts zu suchen. Ihr seid viel zu jung für harte Tatsachen!«

»Halt dich da raus!«, fuhr die alte Hexe den Kater an, der beleidigt zusammenzuckte. »Ich trage für all das hier die Verantwortung, und ich kläre das auch mit den Kindern.« Sie räusperte sich und straffte ihre Schultern. Es schien sie erhebliche Überwindung zu kosten, ihrer Enkelin ins Gesicht zu schauen. »Verzeiht. Aber damit ihr mich versteht, muss ich etwas ausholen. Also ... alle einhundert Jahre wählt der Hexenrat zufällig per Losentscheid eine Hexe aus, um das Friedensmahl vorzubereiten. Diesmal hat die Bürde mich getroffen, und so wurde ich zur ›Direktorin zur vertragsgerechten Durchführung des Friedensmahls‹ ernannt.«

»Bitte komm zum Punkt, Omi«, sagte Yuki ungeduldig.

»Verstehst du nicht, Yuki? Deswegen hatte ich immer so wenig Zeit für dich in den letzten Jahren. Ich war viel zu beschäftigt damit, das Fest zu organisieren. Ihr habt sicher gesehen, was hier im Turm los ist. Das ist keine leichte Aufgabe! Allein das persönliche Überreichen der Einladungen hat mich Jahrzehnte der Fliegerei auf meinem Besen gekostet.« Sie zeigte auf einen abgewetzten, völlig zerrupften Kehrbesen in der Ecke. »So wie der aussieht, fühle ich mich gerade.«

Yuki schaute ihre Oma überrascht an. »Deswegen hast du deine Pension so vernachlässigt und warst so oft in der Wahren Welt unterwegs?«

»Genau.« Oma Zinkenzuck nahm Yukis Hand in ihre. »Es tut mir leid, dass ich dich vernachlässigt habe. Verzeih mir, meine Kleine.«

»Aber warum hast du mir nie davon erzählt?«, wollte Yuki wissen und kniete sich zu ihrer Oma hinunter. »Ich hätte das verstanden. Das Friedensmahl zu organisieren, ist bestimmt eine ehrenhafte Aufgabe.«

»Das ist es«, seufzte Oma Zinkenzuck. »Doch es gibt einen Haken. Einen ganz gewaltigen sogar.«

»Und welchen?«, fragte Yuki skeptisch.

»Lasst es mich euch zeigen.« Die Hexe watschelte um den für sie viel zu großen Schreibtisch herum. Sie öffnete eine Schublade, zog eine staubige Pergamentrolle hervor und rollte sie aus. Polternd fiel ein kunstvoll geschnitzter Briefbeschwerer vom Tisch und kullerte über den Boden. Nala ließ sofort von Fluffi ab und sprang ihrem neuen Spielzeug hinterher. Als sie es mit den Vorderpfoten zu fassen bekam, ließ sie sich flach auf den Bauch fallen und vergrub ihre Zähnchen im weichen Holz.

Das Papier, das Oma Zinkenzuck ausbreitete, war mehrere Meter lang und reichte bis vor Mexis Füße.

»Das ist der große Friedensvertrag«, erklärte sie. »Er ist uralt und mächtiger, als ihr euch jemals erträumen könnt.«

»Sieht gar nicht so magisch aus«, bemerkte Mexi trocken und schaute auf das schmutzige Pergament hinab.

»Glaub mir, das täuscht«, antwortete Oma Zinkenzuck bestimmt. »Die magische Kraft in diesem Vertrag ist das Einzige, was den Turm und die Mauer zusammenhält. Er ist eigentlich mehr eine Speisekarte, doch das waren die Bedingungen für den Friedensvertrag zwischen der Wahren Welt und dem Schattenreich, auf den sich die Großhexe Warzenknecht und der Schattenkaiser nach dem Krieg geeinigt haben. Warzenknecht war eine geschickte Verhandlungsführerin und wusste, dass der Schattenkaiser keinen klaren Gedanken fassen konnte, wenn ihn der Hunger plagte. Also zögerte sie die Friedensverhandlungen hinaus und ließ absichtlich nur trockene Äpfel servieren. Am Ende fantasierte der Schattenkaiser vor lauter Gier eine ewig lange Speisekarte zusammen, die bis heute die Voraussetzung für das Weiterbestehen des Friedens ist.«

»Das heißt«, schlussfolgerte Mexi, »beim Friedensmahl muss der Schattenkaiser alles zu essen bekommen, was im Vertrag steht. Sonst ...«

»... sonst herrscht wieder Krieg«, beendete Oma Zinkenzuck Mexis Satz mit ernster Miene. »Wenn auch nur ein Gericht fehlt, zu spät kommt oder falsch zubereitet wurde, ist das Abkommen nicht mehr gültig. Dann lösen sich der Grenzturm und die Mauer vollends auf. Die Erdstöße im Turm habt ihr sicher bemerkt?«

Sie deutete aus einem kleinen runden Fenster hinaus. Mexi und Yuki schauten hindurch und sahen die Grenzmauer, die bläulich in der Nacht flimmerte. An mehreren Stellen schwebten nun Gesteinsbrocken in der Luft, machten aber keine Anstalten, in den Himmel aufzusteigen.

»Das bedeutet«, fuhr die alte Zinkenzuck fort, »dass die magische Kraft des Vertrags schwächer wird. Wenn wir das Friedensmahl noch länger hinauszögern, wird hier *alles* verschwinden. Dann wird die Streitmacht des Schattenkaisers die Wahre Welt angreifen. Danach kann ihn niemand mehr daran hindern, auch in die Menschenwelt zu ziehen.«

»Aber was hat das alles mit meinen Eltern zu tun?«, fragte Mexi. Er hatte jetzt wirklich genug von diesem Geschichtsunterricht.

»Ja, raus mit der Sprache, Omi!«, stimmte Yuki zu. »Wir wollen die Wahrheit wissen!«

Oma Zinkenzuck atmete einmal tief durch. Dann zuckte sie mit den Schultern. »Mexis Eltern sind der große Hauptgang.«

»WAAAAS?!«, riefen Mexi und Yuki gleichzeitig geschockt.

»Jetzt ist es raus«, sagte Buckel und fuhr sich verschämt mit der Pfote über die Schnurrhaare.

Auch Fluffi senkte peinlich berührt den Kopf. »Dubbeldu«, murmelte er traurig.

Mexi spürte, wie seine Knie ganz weich wurden. Seine Eltern waren der Hauptgang? Das konnte doch nicht ihr Ernst sein! Er musste es falsch verstanden haben. Niemand würde doch wirklich ... oder?!

»Aber ... das ist ... grausam«, flüsterte er.

»Traditionen sind oft grausam«, sagte Oma Zinkenzuck. Sie legte ihren spitzen Finger auf den Vertrag. »Hier. Lest selbst.«

Mexi und Yuki liefen um den Schreibtisch herum und warfen einen Blick auf die besagte Stelle. Das Papier war rissig und voller Staub. Von der Tinte ging ein merkwürdiger blauer Schimmer aus, und tatsächlich ... da stand es: »BRATEN VON DEN MENSCHEN«. Genau nach »ALGENSALAT VON DEN FLOPPERN« und neben »HUNDERTJÄHRIGE SOSSE VON DEN PUFFELN«.

Yuki schaute auf und starrte ihre Großmutter böse an. »Deshalb sollte ich dir erklären, wie das Internet funktioniert? Damit du Mexis arme Eltern in unsere Pension locken konntest?!«

Oma Zinkenzuck wich dem Blick ihrer Enkelin aus und friemelte an den Kordeln ihrer Jogginghose herum. »Nun ja ...«, begann sie stockend. »Mir äh ... lief die Zeit davon?«

Mexi schaute genau hin. Die Hexennase zuckte nicht.

»Aber warum denn ausgerechnet meine Eltern?«, rief er.

»Es hätte jeder sein können«, sagte Oma Zinkenzuck. »Ich habe Hunderte Nachrichten rausgeschickt. Doch deine Eltern waren die Einzigen, die mir geantwortet haben.«

War ja klar, dachte Mexi. Seine Eltern waren schon immer zu vertrauensselig gewesen. Vor allem seine Mutter.

»Ich weigere mich, das zu akzeptieren!« Er stampfte mit dem Fuß auf und verschränkte die Arme vor der Brust. Vor Schreck wufften die beiden Möpse. So hatten sie ihr Herrchen wahrscheinlich noch nie gesehen.

Mexi starrte den Vertrag wütend an. Grausam und endgültig funkelten die Buchstaben auf dem Papier und kreisten in seinem Kopf. Während Yuki und ihre Oma weiterdiskutierten, schwirrten die Wörter wie Fliegen in Mexis Gedanken umher. Simba kam zu ihm herübergelaufen und legte sein Köpfchen auf Mexis Schuh ab. Der Mops wollte ihn aufmuntern.

Mexi kniete sich zu ihm und streichelte seinen Rücken. »Uns muss etwas einfallen, Simba«, flüsterte er. »Uns muss sofort etwas einfallen. Hast du vielleicht eine Idee?« Simba brummte und drehte sich auf den Rücken, damit Mexi seinen Bauch kraulen konnte.

»Bin ich denn der Einzige, der hier eine Lösung sucht?«, fragte Mexi in die Runde.

Die anderen schauten ihn schuldbewusst an.

Es hängt wirklich an mir, dachte Mexi. *An mir allein. Ich* ... Plötzlich kam ihm eine geniale Idee.

»Ich hab's!«, schrie er, sprang auf und grinste Yuki und ihre Oma triumphierend an. »Ich bin doch auch ein Mensch!«

»Und?«, fragte die Junghexe. »Wenn du jetzt vorschlägst, dass *du* der Braten wirst, muss ich echt ablehnen.«

Mexi schüttelte den Kopf. »Nein! Ich will nicht vorschlagen, dass *ich* der Braten *bin*, sondern dass *ich* den Braten *mache*.« Er tippte sich an die Stirn. »Denn dann ist es immer noch ein Braten *von* den Menschen!«

Oma Zinkenzuck fiel die riesige Kinnlade herunter. »Heiliger Bimbam, Junge! Die Idee ist gut!« Doch dann schlich sich wieder leiser Zweifel in ihre Stimme. »Nur verstößt sie gegen alle Traditionen. Wir wissen nicht, ob so der Vertrag erfüllt wird.«

Aufgeregt zeigte Mexi auf den Friedensvertrag: »Aber da steht es doch! Ein ›Braten *von* den Menschen‹, direkt neben der ›Soße *von* den Puffeln‹. Wenn ich ihn zubereite, dann haben wir die Bedingung des Vertrags erfüllt, genau wie Fluffi sie erfüllt! Garantiert!«

Yuki schaute erst skeptisch. Doch dann dachte sie noch mal über Mexis Worte nach, und ein begeistertes Grinsen breitete sich auf ihrem Gesicht aus. »Das könnte klappen, Omi!«

Die Alte schaute Mexi und Yuki hilflos an. »Habt ihr nicht verstanden, was auf dem Spiel steht?«

»Das wird niemals funktionieren«, warf Buckel ein, der sich bis dahin verdächtig zurückgehalten hatte. »Den Schattenkaiser könnte man mit einem anderen Braten vielleicht täuschen, doch sein Vorkoster, der feuerrote Salamander, soll eine feine Zunge haben. Der wird euren Schwindel auf jeden Fall durchschauen und merken, dass wir dem Kaiser keinen Menschenbraten auftischen.«

»Aber es *ist* ja kein Schwindel«, verteidigte sich Mexi. »Wir setzen den Vertrag doch Wort für Wort um.« Er schaute Buckel herausfordernd an.

Ein unterschwelliges Grollen kam aus dem mürrischen Kater. Es war ganz offensichtlich, dass ihm die Idee nicht gefiel. Doch als er in die erwartungsvollen Gesichter der Umstehenden blickte, zuckte er schließlich nur mit den Schultern.

»Versucht es«, grummelte er. »Aber sagt dem Koch, er soll den großen Ofen vorgeheizt lassen. Wenn euer Plan nicht aufgeht, müssen wir vorbereitet sein und zum ursprünglichen Plan zurückkehren.«

Bei Buckels Worten kam Mexi ein beunruhigender Gedanke.

»Wie wissen wir überhaupt, ob es klappt?«, fragte er.

Oma Zinkenzuck deutete auf die Schriftrolle. »Der Vertrag weiß es. In dem Moment, in dem der Vertrag erfüllt ist, setzen sich die Grenzmauer und der Turm wieder vollständig zusammen. Das blaue Leuchten verschwindet, der Kaiser zieht schlecht gelaunt ab, und wir haben wieder hundert Jahre Ruhe.«

Mexi entschied sich dafür, nicht darüber nachzudenken, was passieren würde, wenn sich der Vertrag querstellte. Er atmete tief ein, sammelte all seinen Mut und verkündete fest entschlossen: »Gehen wir es an!«

»Da gibt es nur noch eine klitzekleine Sache«, warf Oma Zinkenzuck vorsichtig von der Seite ein.

Mexi sackte in sich zusammen, als hätte man die Luft aus einem Schwimmreifen gelassen. »Was denn noch?«, jammerte er. Sogar Simba und Nala jaulten zeitgleich auf und bedeckten die Augen mit ihren Pfötchen, als könnten sie es nicht fassen.

»Ihr müsst einen alternativen Braten finden. Der Vertrag schreibt vor, dass alle Speisen äußerst schmackhaft sein müssen. Und ... ihr müsst meinen Chefkoch von eurem Plan überzeugen. Er kann manchmal ganz schön stur sein.«

In der Küche

Rumpelnd kam der Fahrstuhl zum Stehen. Oma Zinkenzuck war schon im Festgarten ausgestiegen, um letzte Vorbereitungen für das Friedensmahl zu treffen. Mexi, Yuki, Buckel, Fluffi und die Hunde waren aneinandergedrückt in dem viel zu kleinen Lift weiter hinabgefahren, bis sie das Küchenstockwerk erreicht hatten. Mexi war froh, die enge Kabine verlassen zu können. Buckels schlechte Laune hatte mehr Platz eingenommen als sie alle zusammen.

Dampf erfüllte die Luft. Kochtopfdeckel klapperten auf unzähligen brodelnden Kesseln vor sich hin. Puffel-Küchenhilfen eilten von einem Topf zum anderen. Hinter dem Nebelvorhang wühlte ein dunkler Schatten in einem Regal herum und fluchte in einer unverständlichen Sprache, die sich unendlich alt und unendlich gruselig anhörte.

»Da ist wieder dieser Typ, den wir im Keller gesehen haben!«, flüsterte Yuki Mexi zu.

»Du hast recht«, antwortete Mexi leise.

Weder Mexi noch Yuki oder Fluffi trauten sich, einen weiteren Schritt in die Küche zu machen. Sie wollten niemandem im Weg stehen. Eine falsche Bewegung, und sie würden in einen Puffel mit einer heißen Pfanne oder einem schweren Topf hineinlaufen. Nur Nala tapste mutig und hungrig wie immer voraus und schnüffelte die duftende Küchenluft.

»Na los!«, fauchte Buckel genervt und schob die anderen drei in die Küche. »Sogar der Mops ist mutiger als ihr! Dabei ist es doch *euer* Plan, das Rezept für den Friedensbraten zu ändern.«

»Waaaaas?!«, donnerte der Schatten durch den Raum. »Jemand will mein jahrtausendealtes Rezept ändern?«

Der Schatten kam auf sie zu. Zwei rote Augen blitzten sie durch den Dampf an. Mexi schluckte. Die Gestalt schien in jeder Hand eine grausame Waffe zu halten. Für einen Moment befürchtete er, dass heute Dino auf dem Speiseplan stehen könnte.

»Wer ist *das*?«, flüsterte Yuki ihrem Onkel zu.

»Tja ...«, verkündete der Kater. »Ihr habt die Rechnung ohne den Koch gemacht!«

»Ohne den Wirt«, korrigierte der Schatten eisig.

»Äh, was?«, fragte Buckel irritiert.

»Das Sprichwort heißt: ›Die Rechnung ohne den Wirt machen‹«, erklärte der Schemen. »Da kannst du nicht einfach ›Koch‹ draus machen. Auch wenn du natürlich recht hast.«

Buckel rollte mit den Augen. »Wie dem auch sei. Darf ich vorstellen: Amun-Ra Bastet Ba'al Puffo Majeras. Der Koch des Friedensmahls.«

Der Schatten schälte sich aus dem Dampf der Kochtöpfe. Der Körper des Kochs steckte in einer schweren schwarzen Lederkluft, die mit alten, zerrupften Federn geschmückt war. Ein Gesicht schien er jedoch nicht zu haben. Unter seiner Kapuze starrten lediglich die beiden rot glühenden Augen aus der Schwärze hervor. In den Händen hielt er keine Waffen, wie Mexi jetzt erkannte, sondern einen Kochlöffel und einen Pfannenwender. Das machte ihn allerdings nicht weniger gruselig.

»Sprecht, ihr Unwürdigen!«, befahl er mit Grabesstimme und beugte sich zu seinen ungebetenen Besuchern hinunter. Fluffi bibberte wie ein flauschiges Büschel Espenlaub. »Wer wagt es, das Rezept von Amun-Ra Bastet Ba'al Puffo Majeras, dem unsterblichen Koch, ändern zu wollen?«

Yuki, Mexi und Fluffi bekamen kein Wort heraus.

»Warum antwortet ihr nicht?«, fragte der Koch verwirrt. Seine Stimme wechselte von absolut bedrohlich zu ehrlich besorgt. »Ist es wegen meines langen Namens? Ich wusste es!« Er warf die Arme in die Luft. »Den kann sich keiner merken! Keine Ahnung, was sich meine Eltern dabei gedacht haben.« Er seufzte. »Meinetwegen könnt ihr mich Puffi nennen.«

»Puffi?«, wiederholte Mexi ungläubig. »Du siehst nicht so aus, als wärst du mit den Puffeln verwandt.«

»Natürlich nicht!«, schnaubte der Koch. »Habe ich etwa ein flauschiges Fell, bin niedlich und überall beliebt?!«

Mexi musste aufpassen, nicht loszulachen. Zum Glück gab ihm Yuki einen warnenden Rippenstoß, wegen dem er sich aber fast auf die Zunge biss. Fluffi schaute ihn empört an. Wie man so ein gruseliges Wesen für einen Puffel halten konnte, schien ihm nicht in den Kopf gehen zu wollen.

»Also, raus mit der Sprache«, sagte Puffi, der unsterbliche Koch, und verschränkte die Arme vor der Brust. »Wer von euch will mein Rezept verschlimmbessern?«

Mexi nahm all seinen Mut zusammen und trat vor. »Ich, Mexi, der unsterbliche Gamer!«

»Ein Mensch!«, rief der Koch entzückt. »Und ein ganz frischer und zarter noch dazu! Das rieche ich sofort.« Er wandte sich überrascht an Yuki und Fluffi. »Hat Oma Zinkenzuck euch beide geschickt? Wird auch Zeit, dass ihr mir meine Hauptzutat für den Braten vorbeibringt. Aber warum habt ihr ihn in eine Drachenhaut eingewickelt? Die schmeckt doch viel zu bitter! Ist das etwa euer neues Rezept?«

»Nein!«, rief Yuki angeekelt.

Buckel hielt sich lachend den Bauch.

»Genau! Das ist doch keine Drachenhaut«, fügte Mexi empört hinzu. »Das ist ein Dino-Onesie! Und ich bin ein Mensch und keine Zutat. Menschen sollten niemals eine Zutat für irgendwas sein!«

»Ach, und was machst du Mensch *dann* in meiner Küche?«, fragte der Koch ehrlich verwundert.

Mexi begann zu erzählen. Er berichtete von der Reise mit seinen Eltern und der Pension von Oma Zinkenzuck. Er erzählte, wie seine Eltern verschwunden waren, wie er Fluffi und Buckel gefolgt und Yuki begegnet war. Und davon, wie sie sich gemeinsam mutig bis zur Spitze des Grenzturmes durchgeschlagen hatten, um seine Eltern zu finden. Und wie er dort auf die Idee gekommen war, dass die Soße von Fluffi doch auch mit einem anderen Braten serviert werden könnte, solange er nur von einem Menschen zubereitet wurde.

Der Koch wackelte mit dem Kopf hin und her. Er schien nicht wirklich überzeugt zu sein. »Ihr denkt also, dass man *meine* Bratensoße einfach auf irgendetwas anderes kippen könnte, und dann passt das schon?«

»Dubbel dub?«, blaffte Fluffi beleidigt. Er knallte den Soßentopf auf den Boden und verschränkte die Arme.

»Warum ich ›meine Soße‹ gesagt habe?«, fragte der Koch. »Weil *ich* sie erfunden habe!«, rief er voller Stolz. »Ich selbst war damals vor unendlich langer Zeit der Koch des ersten Friedensmahls. Es waren *meine* Soße und *mein* Braten, die den Krieg mit dem Schattenkaiser beendet haben. Seitdem bereite ich alle hundert Jahre den Braten und alle weiteren Speisen zu.«

»Flumm du«, maulte Fluffi gereizt.

»Warum ich die Soße dann nicht auch selbst gerührt habe?«, fragte der Koch. »Also bitte. Ich bin ein Künstler, kein Handwerker. Ich habe keine Zeit, hundert Jahre an der derselben Soße zu rühren.« Er lachte laut. Es klang wie aus einem Gruselfilm. »So was macht man einmal und nie wieder. Die Zutaten und die Soße lasse ich mir bringen.«

Fluffi schob die Unterlippe beleidigt vor.

»Hast du sie etwa zubereitet?«, vermutete der Koch.

Fluffi nickte. Puffi tunkte seinen Kochlöffel in den Kessel und probierte die Flüssigkeit schmatzend. Für einen Moment leuchteten seine roten Augen gleißend hell auf.

»Fantastisch! Lecker! Exquisit!«, rief er, warf den Löffel weg und umarmte Fluffi. »Sehr gut gemacht, mein Freund!«

Der Puffel riss sich los und rang nach Luft.

»Jetzt will ich aber auch mal probieren!«, warf Mexi ein.

Puffi nickte. »Nur zu! Es ist ja mehr als genug da. Wir brauchen nur eine Kelle davon.«

Fluffi machte ein Gesicht, als würde er jeden Moment in Ohnmacht fallen. Mexi konnte das gut verstehen. Einhundert Jahre in der Soße zu rühren und den schweren Kessel unter großen Gefahren zu diesem Turm zu bringen, wenn auch ein Marmeladenglas gereicht hätte – das war ganz schön bitter. Trotzdem war Mexi neugierig und nahm das Schüsselchen an, das ihm ein kleiner Puffel von der Seite reichte. Er füllte die Schale und hob sie an die Lippen. Während er probierte, spürte er schon vier Mopspfoten an seinen Beinen kratzen. Simba und Nala wollten auch etwas.

Die Soße schmeckte unglaublich. Nach viel mehr als nur nach Zimt. Sie schmeckte nach gebratenen Pfefferschoten, Schokolinsen, Zwiebeln, Gummibärchen und nach tausend anderen Sachen, die eigentlich gar nicht zusammenpassten, aber irgendwie doch alle gemeinsam auf Mexis Zunge ein rauschendes Freudenfest tanzten. Das Aroma war so stark, dass ihm ganz schummrig wurde und er sich taumelnd an einer der Arbeitsplatten abstützen musste. Zum Glück stand hinter ihm kein Herd, sonst hätte er sich die Finger verbrannt. Als er sich wieder gefangen hatte, stellte er die Schüssel auf den Boden, damit die ungeduldig wartenden Hunde nicht weiter randalierten. Begeistert schleckten sie die Reste aus.

»Das ist wirklich abgefahren lecker«, lobte Mexi und schaute dabei absichtlich zu Fluffi. Ein gutes Rezept brachte immerhin gar nichts, wenn man kein guter Koch war.

»Danke, Menschenjunge«, freute sich der Küchenchef, als hätte das Kompliment ihm gegolten. »Es war der Geschmack der Soße, der uns den Frieden gebracht hat. Unter uns gesagt, Menschenbraten fand ich sowieso schon immer etwas ... geschmacklos. Nicht persönlich nehmen, Junge.«

»Äh, schon okay«, sagte Mexi. Kurz überlegte er, nachzufragen, auf welche Art er das geschmacklos fand, aber dann beschloss er, dass er das lieber gar nicht wissen wollte.

»Ein Braten *von* den Menschen also ...«, sagte der Koch. »Und *du* willst ihn zubereiten. Ich verstehe. Aber was für einen Braten willst du denn machen? Es muss am Ende ja noch immer schmackhaft sein und darf sich nicht mit der Soße beißen.«

Mexi überlegte. »Äh ... gute Frage.« Er schaute ratsuchend zu den anderen.

»Dumbeldu?«, sinnierte Fluffi.

»Auf keinen Fall!« Der Koch rang erschrocken nach Luft. Seine roten Augen glühten wie wütende Kohlen. »Die Soße passt doch nicht zu Fisch, ich bitte dich!«

»Schade, ich mag Fisch«, kommentierte Buckel.

»Vielleicht ein Grasdrachenei?«, schlug Yuki vor.

Puffi schüttelte den Kopf. »Gibt es schon als Zwischengang.«

Ein Beben ließ die Wände erzittern. Irgendwo musste sich ein weiterer Stein aus dem Turm gelöst haben.

Schon wieder, dachte Mexi nervös. Ihnen lief die Zeit davon!

Alle Augen waren auf ihn gerichtet. Hektisch blickte er sich in der Küche um. »Wie wäre es mit ...?«

Ein lautes Geräusch unterbrach ihn. Im hinteren Teil des großen Raumes hüpften zwei Puffel von einer Pfote auf die andere und dubeldidabbelten aufgeregt. Dabei deuteten sie panisch mit ihren flauschigen Ärmchen auf einen großen Korb am Boden, aus dem ein Kringelschwänzchen ragte. Neben dem Korb hockte Simba und tat ganz unschuldig.

»Oh nein!«, rief Mexi und eilte zu den Puffeln. »Simba! Nala! Aus!«

Nalas Mopskopf tauchte aus dem Korb auf, die Backen voller Fressi. Was bei ihrem Bad im Korb über den Rand fiel, schnappte Simba eilig auf. Eine sehr effektive Arbeitsteilung.

»Sie haben wohl die Leuchtpilze gefunden«, lachte Mexi verlegen. »Tut mir echt leid.«

Er wollte Nala aus den Pilzen heben, doch das Mopsmädchen hüpfte ihm gleich wieder aus dem Arm und stellte sich mit den Vorderpfoten am Korb auf. Simba stupste mit der Nase gegen den Behälter.

»Was ist denn in die gefahren?«, wunderte sich Yuki.

»Vielleicht hätte ich ihnen auf dem Hinweg nichts von deinen Leuchtpilzen abgeben sollen ...«, vermutete Mexi. »Die waren einfach zu lecker.«

Nala nahm die Pfoten vom Korbrand und bellte Mexi an, als wollte sie sagen: »Endlich hast du es kapiert!« Erwartungsvoll schauten beide Möpse zu ihm auf.

Mexi schlug sich mit der Hand gegen die Stirn. »Natürlich! Ihr seid genial!« Er kniete sich auf den Boden und knuddelte die Hunde durch. Sie schleckten ihm von rechts und links die Wangen ab.

»Genial?«, wunderte sich Yuki.

»Na, die Leuchtpilze schmecken doch so supergut!«, rief Mexi. »Die Hunde schlagen vor, dass wir einen Leuchtpilzbraten machen!«

Yuki und Fluffi fiel die Kinnlade runter. Dann brachen sie in Jubel aus.

»Leuchtpilzbraten also ...«, murmelte der Koch, als wäre die Idee so unglaublich, dass er erst einmal drüber nachdenken musste. »Wisst ihr was, Leute? Ich glaube, das könnte klappen!« Dann beugte er sich zu Mexi hinunter. »Aber sag mal ... weißt du denn überhaupt, wie man kocht?«

»Klar! Ich habe schon mal eine Tiefkühlpizza gemacht«, sagte Mexi locker. »Das mache ich sogar ständig.«

Der Koch antwortete nicht. Er schaute Mexi nur fassungslos an.

»Einmal habe ich auch Instant-Ramen gekocht«, versuchte es Mexi erneut. »Tüte auf, Wasser drauf, und lecker is!«

Puffi rührte sich nicht. Er schien sogar aufgehört zu haben zu atmen.

»Alles in Ordnung?«, fragte Yuki besorgt und berührte den Koch an der Schulter. Es machte *PUFF*, und die Lederrüstung sackte leer in sich zusammen und fiel auf den Fliesenboden.

»DUBBELDAAAAH!«, kreischte Fluffi erschrocken. Er versteckte sich hinter Yuki, die genauso entsetzt aussah wie er.

»Du hast den unsterblichen Koch umgebracht!«, rief Buckel fassungslos. »Du kochst so mies, dass Puffi einfach ... verpufft ist!«

»Was?!«, japste Mexi. »Aber ich ... Aus, Nala!« Verzweifelt versuchte er das Mopsmädchen davon abzuhalten, mit den Federn von Puffis Rüstung zu spielen.

Plötzlich zitterte die Lederkluft auf dem Küchenboden. Staub wirbelte auf. Simba knurrte, Nala musste niesen. Yuki und Fluffi gingen vorsichtshalber ein paar Schritte zurück. Mexi konnte es nicht fassen. Vor seinen Augen richtete sich der Koch wieder auf, als würde er mit einer Luftpumpe aufgeblasen, und streckte ächzend die Glieder.

»Sag nie wieder die verbotenen Worte!«, stöhnte er. »Das war das Ekligste, was ich je gehört habe! Du hast Glück, dass ich unsterblich bin ...«

Mexi wollte fragen, ob »Fertigpizza« und »Instant-Ramen« die verbotenen Worte waren, aber er hatte Angst, dass der arme Koch dann wieder zerbröselte.

»Sorry«, sagte Mexi. »Vielleicht habe ich doch keine so große Ahnung vom Kochen ...«

»*Noch* nicht!«, erwiderte Puffi. »Aber das werden wir jetzt ändern.«

Das große Friedensmahl

Mexi war ganz schön nervös, als sie alle zusammen im Fahrstuhl standen und sich ihrem Ziel näherten. Puffi, der unsterbliche Koch, hatte darauf bestanden mitzukommen, und so war es noch enger in der Kabine als beim letzten Mal.

Im Stockwerk mit dem großen Festgarten stiegen sie aus. Mexi schob einen Servierwagen vor sich her, der genauso aussah wie der, den er in seinem Pensionszimmer vorgefunden hatte. Unter einer goldenen Glocke befand sich sein Gericht, zwei große, in Butter geschmorte Leuchtpilzköpfe, die er unter Anleitung des Koches höchstpersönlich zubereitet hatte. Als letzten Schritt bei der Zubereitung hatte Mexi die gebratenen Pilze, von denen noch immer ein schwaches Leuchten ausging, großzügig mit der Zimtsoße übergossen. Sie dufteten herrlich würzig. Simba konnte seine Augen gar nicht von der Glocke abwenden und stierte sabbernd zu ihr auf – immer in der Hoffnung, der Braten wäre allein für ihn. Nala hatte diese Hoffnung schon aufgegeben. Sie stromerte lieber im Garten umher und begrüßte die Gäste.

Der Festgarten war voller Leute. In engen Trauben standen sie auf dem Rasen, hockten in den Ästen der Bäume oder schwebten über der großen Tafel, die im Zentrum des Turmgartens stand. Mexi erkannte viele der seltsamen Geschöpfe wieder. Es waren die Bewohner der Wahren Welt, die sie schon bei ihrer Ankunft und im Grenzturm beobachtet hatten. Außerdem entdeckte er unter den Anwesenden einige alte Bekannte. Die Hexenschwestern aus dem Flugpark standen bei einem Wassermann mit Schuppen und Dreizack und einer Fee und unterhielten sich angespannt. Auch der Besitzer des Flugparks, der Geist mit dem Schnurrbart, flog ungeduldig in der Menge umher. Nur die Eisfüchsin schien zu fehlen. Das wunderte Mexi aber nicht. Yuki hatte ja gesagt, dass sich die Füchse dauerhaft zurückgezogen hatten.

Überall wurde nervös miteinander getuschelt. Viele der Gäste standen an der breiten Balustrade, die den Garten umgab, und schauten in die nächtliche Landschaft hinaus. Sie blickten ängstlich und fasziniert zugleich auf das Schattenreich hinab. Wahrscheinlich sahen sie es zum ersten Mal, weil der Anblick der schrecklichen Landschaft sonst durch die Grenzmauer verwehrt blieb. Das blaue Leuchten, das von dem Wall ausging, war noch stärker geworden. An unzähligen Stellen schwebten Steinblöcke in der Luft.

Oma Zinkenzuck hatte keine Zeit für solche Betrachtungen. Sie erwartete Mexi und seine Freunde zusammen mit zwei kleinen Puffeln in weißem Frack ungeduldig am Fahrstuhl. Die beiden flauschigen Gestalten standen vor einem Beistelltisch, auf dem Dutzende Servierglocken aufgereiht waren, und trugen jeweils ein Handtuch über dem rechten Arm. Auch Oma Zinkenzuck hatte sich umgezogen. Ihr gelber Jogginganzug war verschwunden, stattdessen trug die Hexe nun ein ebenso gelbes, aber sehr festliches Hexengewand. Sogar ein Kringelhut saß auf ihrem Kopf.

»Da seid ihr ja endlich!«, zischte sie. »Wir sind viel zu spät dran!« Sie schnüffelte mit ihrer riesigen Nase an dem Pilzbraten. »Was meinen Sie, Amun-Ra Ba'…, ähm, Puffi? Haben wir eine Chance?«

»Ich bin nur ein Koch«, antwortete der und zuckte mit den Schultern. »Aber so viel ist sicher … Mexi hat das Gericht selbst zubereitet. Es ist also wirklich ein Braten *von* den Menschen. Und für einen von ihnen hat er sich gar nicht so schlecht am Herd geschlagen.«

Mexi grinste die Hexe stolz an.

»Ich hoffe das reicht, um den magischen Friedensvertrag einzuhalten«, murmelte Oma Zinkenzuck.

»Es *muss* reichen, Omi!«, rief Yuki entschlossen. »Wir haben keine andere Wahl, hörst du?«

Die alte Hexe nickte ernst. »Du hast recht.«

Buckel brummte skeptisch. »Wenn die Grenzmauer sich ganz auflöst und die Truppen des Schattenreiches über unsere Welt und die der Menschen herfallen, werden wir ja wissen, ob es geklappt hat.«

Oma Zinkenzuck strafte Buckel mit einem finsteren Blick.

»Ist doch wahr!«, fauchte der Kater. Er drehte sich um und lief wieder zum Fahrstuhl. »Das ist mir alles zu riskant! Ich kümmere mich jetzt um den Ofen, falls wir doch noch einen *echten* Braten brauchen, um die Welt zu retten! Koch, mitkommen!«

»Wenn du Mexis Eltern auch nur ein Haar krümmst, ziehe ich dir das Fell über die Ohren!«, rief Yuki Buckel hinterher, der zusammen mit dem unsterblichen Koch in eine abwärtsfahrende Kabine stieg.

Oma Zinkenzuck schüttelte verständnislos den Kopf. »Nimm ihn nicht so ernst, Mexi. Der alte Streuner hat nur Angst und will es nicht zugeben.« Die Hexe atmete tief durch und klatschte in die Hände. »Es ist Zeit fürs Essen, Kinder!«

Sie lief zu einer Kordel hinüber, die neben einer der vier massiven Säulen hing, auf denen die hohe Decke ruhte. Sie machte einen Satz und hängte sich mit ihrem ganzen Körpergewicht an die Kordel. Wie eine reife Birne im Wind baumelte die Hexe rauf und runter. Nala sprintete sofort zu ihr hinüber, um sich ihrem Spiel anzuschließen, da erschallte ein ohrenbetäubendes *BONG, BONG, BONG*. Hundertmal lauter als draußen. Nala flüchtete bellend vor dem Krach, Simba jaulte, Mexi musste sich die Ohren zuhalten. Er blickte nach oben und sah, dass die Glocken direkt über der großen Tafel hingen! Kein Wunder, dass sie so laut waren.

Oma Zinkenzuck ließ die Kordel los und rollte sich sportlich auf dem Boden ab. Die Glockenschläge verhallten. Die Menge schwieg andächtig. Irgendwo zwischen den Gästen erklang eine quäkige Stimme, die Mexi schon einmal gehört hatte. Es war die des feuerroten Salamanders.

»Als kaiserlicher Berater und Vorkoster eröffne ich hiermit das große Friedensmahl!«

Die Gäste strömten zur Seite und gaben den Blick auf den Schattenkaiser frei. Die fette alte Kröte hockte am Ende der langen Festtafel. Sein Stuhl ächzte verzweifelt unter dem großen Gewicht. Hinter dem Kaiser standen seine schaurigen Schattensoldaten – Piraten, Skelette, Dämonen und fiese Orks – und verzogen keine Miene. Der hektische Salamander, den Mexi vorhin im Gespräch mit dem Kaiser belauscht hatte, stand auf einem kleinen Tischchen neben dem Stuhl des Kaisers und band seinem Herrn ein viel zu kleines Lätzchen um.

»So, Eure Warzigkeit, nun sind wir so weit!«, zischelte der Salamander dem Kaiser zu.

Die Kröte tastete grunzend vor sich nach der Gabel. Das dauerte etwas, weil der dicke Bauch im Weg war. Als der Kaiser sie zu fassen bekommen hatte, schlug er mit der Faust auf den Tisch. »Stillt meinen Hunger, oder ihr seid des Todes!«, quakte er mit donnernder Stimme.

»Zu Tisch!«, rief Oma Zinkenzuck.

Jeweils ein Abgesandter jeder Gruppe der Wahren Welt nahm auf der einen Längsseite der Tafel Platz. Die Soldaten des Schattenkaisers marschierten um den Tisch herum und setzten sich auf die gegenüberliegende Seite. Oma Zinkenzuck platzierte sich auf dem Stuhl am Ende der Tafel und saß so dem Kröterich direkt gegenüber. Mexi, Yuki und Fluffi stellten sich hinter sie.

Als die Gäste Mexi und Yuki sahen, zeigten sie auf die beiden oder tuschelten hinter vorgehaltener Hand. Es fühlte sich an, als wären alle Augen auf sie gerichtet. Mexi konnte das Wort »Kinder« heraushören. Viele schüttelten ihren Kopf. Nur die drei Hexenschwestern aus dem Flugpark winkten Mexi fröhlich zu, als sie ihn wiedererkannten. Sein Herzschlag beschleunigte sich. Er war sich nicht sicher, was schlimmer wäre: als Menschenkind enttarnt oder von allen für einen mächtigen Großdrachen gehalten zu werden. Wahrscheinlich das mit dem Menschsein.

Verstohlen schaute er sich nach seinen Hunden um. Simba hatte eine Pfote auf das Gestell des Servierwagens gelegt, damit niemand ihm stehlen konnte, was er für sein rechtmäßiges Fresschen hielt. Der Anblick war tröstlich für Mexi. Ganz egal, wie fremd er sich in dieser Welt fühlte, Simbas niedliches Gesicht und seine Knopfaugen, die stets hungrig dreinschauten, munterten ihn immer wieder auf.

Nala hatte eine Vogeltränke gefunden, in der sie plantschen konnte. Sie wurde dabei von einigen winzigen Feen mit durchsichtig schimmernden Flügeln umflattert. Als Nala spielerisch nach einem der zarten Wesen schnappen wollte, ließen die Feen glitzernden Staub auf das Mopsmädchen hinabrieseln. Nala schüttelte den Kopf, um den Staub aus der Nase zu bekommen – und begann plötzlich zu schweben! Vier hauchdünne Flügel waren an ihrem Rücken erschienen, ihre Beinchen paddelten haltlos in der Luft herum, und sie schaute verdutzt zu den Feen hinauf, die sich kichernd die kleinen Bäuche hielten. Sie mussten das Mopsmädchen mit einer Art Flugpulver verzaubert haben! Mexi wollte schon einschreiten, damit Nala nicht durch den Raum oder gar zum Schattenkaiser flog, aber da ließ die Wirkung auch schon wieder nach. Die Flügel verschwanden, und sie plumpste mit einem lauten Klatscher in das Vogelbad. Wasser spritzte auf und vertrieb die frechen Feen.

Das Bild wirkte so fröhlich und unbeschwert im Vergleich zu der bedrückenden Stimmung am großen Tisch. Mexi musste lächeln. Wann immer er traurig war, brachten die beiden Hunde ihn auf ihre eigene Art zum Lachen. Die Möpse und seine Eltern, das war sein Zuhause. Und nur, wenn sein Plan aufging, würden sie alle wieder vereint. Er glaubte fest daran.

Die alte Hexe zog die große Schriftrolle mit dem Vertrag aus dem Ärmel ihrer Hexenrobe. Doch diesmal breitete sie das Papier nicht aus, sondern warf die Rolle in die Luft. Und sie schwebte!

»Der magische Friedensvertrag«, verkündete Oma Zinkenzuck.

Die Papierrolle schwebte über die Köpfe der verblüfften Gäste hinweg und hielt über der Mitte des Tisches an. Dort entrollte sie sich in der Luft. Sie war so lang, dass sie fast von einer Seite der Festtafel zur anderen reichte.

»Dies ist der Vertrag, den die Hexen vor mir im Namen der Völker der Wahren Welt mit dem Kaiser des Schattenreiches geschlossen haben«, rief Oma Zinkenzuck feierlich. »Nun, da der Vertrag ausgerollt wurde, möge das Friedensmahl beginnen!«

Mexi bemerkte die Anspannung in ihrer Stimme.

Oma Zinkenzuck klatschte in die Hände. »Bringt die erste Speise!«

Die zwei kleinen Puffel im Frack schnappten sich jeweils ein Tablett von ihrem Tisch und nahmen die Servierglocken herunter. Unzählige funkelnde Kelche aus hellgrünem Kristall kamen zum Vorschein, in denen sich ein sprudelndes Getränk befand. Die Puffel warfen Oma Zinkenzuck einen bangen Blick zu. Die Hexe gab ihnen ein Zeichen, sich zu beeilen.

Die beiden liefen los und brachten jedem der Gäste am Tisch ein Getränk. Den größten Becher reichte einer der Puffel dem Schattenkaiser. Seine Pfote zitterte so sehr, dass er das Getränk beinahe verschüttet hätte. Nach getaner Arbeit huschten die Puffel schnell zurück und versteckten sich hinter Oma Zinkenzucks Stuhl.

»Die erste Speise des magischen Vertrags«, rief die Hexe. »Limonade von den Elfen, serviert in Kristall von den Bergriesen!«

Der Kaiser leckte sich mit seiner dicken, schleimigen Krötenzunge gierig über die Lippen und wollte mit den Pranken nach dem gläsernen Kelch greifen, doch der Salamander auf dem Tischchen neben ihm wedelte energisch mit den Armen.

»Halt! Erst der Vorkoster!« Der kleine Salamander grabschte nach dem Kelch und schnüffelte daran. »Ich weiß doch, wie ihr Hexen tickt! Ihr wollt den Kaiser und seine Generäle bestimmt vergiften!«

Er warf der Hexe einen bösen Blick zu und züngelte dann mit seiner blassrosa Zunge in dem Kelch herum. Er schmatzte laut und prüfend und schluckte die Flüssigkeit schließlich herunter.

»Kein Gift, großer Schattenkaiser!«, zischte er unterwürfig und reichte der Kröte den Kelch.

Der Schattenkaiser riss seinem Vorkoster den Kelch aus der Hand, kippte sich die Limo in den Rachen und rülpste. Die Tischmanieren seiner

Generäle ließen genauso zu wünschen übrig. Die Bewohner der Wahren Welt und Oma Zinkenzuck nahmen ebenfalls einen Schluck.

»Gar nicht mal so gut!«, sagte die Kröte drohend. »Ob das wohl reicht? Wenn das keine echte Elfenlimonade war, dann ...«

Im Saal herrschte Totenstille.

»Da!«, rief Mexi und zeigte auf den Vertrag. Das blaue Glühen der ersten Zeile verschwand.

Oma Zinkenzuck atmete erleichtert auf. »Wir haben den ersten Punkt erfüllt, Schattenkaiser. Der magische Vertrag hat gesprochen!«

Der Saal brach in Jubel aus. Ein Bergriese und eine Elfe fielen sich in die Arme, was aufgrund des deutlichen Größenunterschieds sehr merkwürdig aussah. Nala freute sich aus Prinzip mit und drehte sich bellend im Kreis. Einzig die Generäle des Schattenreiches schwiegen angespannt.

»Die Limo war aber nicht aus Elfen gemacht, oder?«, flüsterte Mexi Oma Zinkenzuck zu.

Die Hexe schüttelte schmunzelnd den Kopf.

»Seht ihr? Dann wird unser Plan bestimmt auch funktionieren!«, schloss Mexi optimistisch.

Zornig wackelte der Kaiser auf seinem winzigen Stuhl herum. »Bringt mir den nächsten Gang!«, rief er. »Wird's bald! Ich habe Hunger!« Er warf sich den Limo-Kelch ins Maul und kaute auf dem Kristall herum, dass es knirschte. Ein kleiner Mooszwerg, der neben ihm saß, rutschte mit seinem Stuhl etwas weiter von ihm fort.

»Los, los, bringt sofort den nächsten Gang für Seine Großartigkeit, den Kaiser!«, rief der kaiserliche Berater ungeduldig.

Der Schattenkaiser lachte schallend und hielt sich den Bauch. »Oder wartet doch ab, bis die Grenzmauer ganz verschwunden ist! Dann wird die Sonne nie wieder für euch aufgehen! In meinem Königreich erlaube ich solch albernes Gestrahle nicht!«

Der Jubel und das Gelächter der Gäste verstummten, als sie diese schreckliche Drohung hörten. Die Generäle des Schattenkaisers jedoch sprangen auf und applaudierten wild. Eine winzig kleine Fee fiel vor Schreck in Ohnmacht. Mexi fragte sich, ob der Kaiser nur angab oder ob im Reich der Schatten wirklich niemals die Sonne aufging.

»Was für ein fieser Typ!«, flüsterte ihm Yuki genervt zu.

»Und ob«, antwortete er. »Am liebsten würde ich ihm in seinen dicken Krötenhintern treten!«

Oma Zinkenzuck klatschte wieder in die Hände. »Bringt die zweite Speise!«

Die Generäle setzten sich. Die beiden Puffel-Diener nahmen all ihren Mut zusammen und trugen die nächsten Tabletts zum Tisch. Simba hatte seine Wache beim Pilzbraten aufgegeben und trottete abwechselnd einem der beiden verunsicherten Puffeln hinterher. Vielleicht würde ja etwas für ihn abfallen? Die fluffigen Wesen versuchten, nicht über ihn zu stolpern.

»Die zweite Speise des magischen Vertrags«, verkündete die alte Hexe. »Gewürztee von den Windreitern und Gebäck von den Sandmännern auf Porzellan der Himmelsdrachen!«

So ging es weiter und weiter. Speise um Speise, Geschenk um Geschenk. Punkt für Punkt erfüllten die Bewohner der Wahren Welt den Vertrag. Bei der Lavasuppe von den brennenden Phönix-Vögeln hätten es Simba und Nala fast geschafft, die Kellner-Puffel zu Fall zu bringen, sodass Mexi die Hunde endgültig zurückrufen musste, ehe noch ein Unglück geschah. Ansonsten aber verlief jeder Gang reibungslos und nach demselben Muster. Jedes Mal versuchte der Berater des Kaisers, durch das Vorkosten Zeit zu schinden. Und jedes Mal kommentierte der Schattenkaiser die herbeigetragenen Gaben und Speisen auf die herablassendste und unhöflichste Art.

Mal schmeckte etwas angeblich nach Fuß, mal wie das Putzwasser nach dem Bodenschrubben im Soldatenklo, wobei sich Mexi fragte, woher der Kaiser diesen Geschmack kannte, und mal wie »Oma unterm Arm«, was Mexi noch viel stärker darüber nachdenken ließ, was im Schattenreich normalerweise alles gegessen wurde. Er jedenfalls wusste ganz sicher nicht, wie Dinos unterm Arm schmeckten, geschweige denn Omas. Und er wollte es auch gar nicht wissen.

Der Kaiser aber aß beständig weiter. Trotz seines Lätzchens und des angeblich so ekligen Geschmacks hatte sich die fette Kröte mittlerweile von oben bis unten vollgekleckert. Die anderen Gäste an der Tafel und sogar die Generäle des Kaisers hatten Mühe, ihr Essen beim Anblick der rülpsenden und pupsenden Kröte zu verspeisen.

Gerade als der Kaiser schlabbernd den Flopper-Salat verspeiste, in dessen Zutaten Mexi und Yuki in den Turm gefahren waren, und damit auch der vorletzte Eintrag auf dem Friedensvertrag erlosch, erschütterte ein weiterer Erdstoß den Grenzturm. Die Algen auf der Gabel des Kaisers zitterten so stark, dass die Kröte Schwierigkeiten hatte, sich die Speise ins breite Maul zu schaufeln.

»Da! Seht nur!«, rief ein muskulöser Zyklop und zeigte über die Balustrade hinweg in die Nacht hinaus.

Mexi und Yuki stürzten mit den anderen Gästen zum Geländer. Ganze Mauerabschnitte lösten sich und schwebten blau leuchtend gen Himmel. Der Turm bebte. Die Steine der Balkone aus den weiter unten liegenden Etagen brachen ab und rasten himmelwärts an den entsetzten Gästen vorbei. Dann bremsten sie einige Meter über dem Turm ab und verharrten schwebend in der Luft. Mexi wurde schwindelig bei dem Anblick.

»Es ist zu spät. Zu SPÄÄÄT!«, schrie eine sprechende Vogelscheuche hinter Mexi, schüttelte sich panisch und verteilte überall Stroh.

»Ha!«, rief der Schattenkaiser und wischte sich mit dem Handgelenk über die fettigen Lippen. »Ich wusste ja, dass ihr Waschlappen es nicht schaffen würdet! Jahrtausende haben wir auf diesen Moment gewartet!«

Erneut sprangen seine Generäle auf und applaudierten. Der kaiserliche Berater kicherte und rieb sich die Hände. Die Erde vibrierte immer noch. Für einen Moment dachte Mexi schon, der Turm würde unter seinen Füßen zusammenbrechen. Doch dann, ganz plötzlich, ließen die Erdstöße wieder nach.

»Unsinn!«, rief Oma Zinkenzuck so laut, dass dem Kaiser und seinem kriecherischen Lakaien das Lachen im Halse stecken blieb. »Es ist *nicht* zu spät, ihr schleimigen Lurche! Los, meine treuen Puffel! Bringt den letzten Gang! Den Braten!«

Die beiden angesprochenen Puffel hatten sich jedoch unter ihrem Tisch verkrochen. Sie klammerten sich aneinander und zitterten vor Angst. Mexi konnte sie gut verstehen. Ihm schlotterten von dem Erdbeben auch noch immer die Knie. Trotzdem gab er sich einen Ruck und nahm das Tablett mit dem Braten in die Hand. Irgendjemand musste dem Schattenkaiser das Gericht servieren, und wenn Mexi selbst es tat. Er durfte ihre kostbare Zeit nicht mit Zögern vertrödeln.

»Du hast Mumm, Junge!«, flüsterte Oma Zinkenzuck anerkennend. »Wenn das alles vorbei ist, serviere ich dir und deinen Eltern das saftigste Rührei, dass du je gegessen hast. Versprochen!«

»Klingt gut«, antwortete Mexi und grinste gequält. Wieder waren alle Augen auf ihn gerichtet. Diese ganze Aufmerksamkeit gefiel ihm gar nicht.

»Ihr bleibt hier«, sagte er zu Simba und Nala. »Platz!«

Die Möpse schauten ihn an, als hätte er ihnen befohlen zu fliegen. Simba legte den Kopf hechelnd nach links, Nala nach rechts. Keiner von beiden machte Anstalten, sich auch nur hinzusetzen. Ihre kleinen Ringelschwänzchen wackelten erwartungsvoll.

Natürlich, dachte Mexi. *Ich stehe mit Fressen vor ihnen*. Sie würden in hundert Jahren nicht zurückbleiben, wenn er Essen mit sich herumtrug.

»Also gut, aber keinen Quatsch machen!«, sagte er mahnend und setzte sich in Bewegung, um den letzten Gang zu servieren.

Simba und Nala liefen stolz wie preisgekrönte Turnierhunde hinter ihm her. Im Gegensatz zu ihm schienen sie die Aufmerksamkeit der Gäste sichtlich zu genießen. Kurz ließ sich Nala von einem Schmetterling ablenken, der durch die fremdartigen Blüten flatterte, fand ihren Weg an Mexis Seite aber schnell wieder. Auch Yuki und Fluffi schlossen zu ihm auf.

»Dachtest du, wir lassen dich allein gehen?«, flüsterte Yuki.

»Dubbel du«, ergänzte Fluffi bestärkend.

Gemeinsam verteilten sie die Portionen des Pilzbratens an Oma Zinkenzuck, die Abgesandten der Wahren Welt und die Generäle des Schattenreiches. Mexi hatte schweißnasse Hände und befürchtete bei jedem Teller, den er servierte, dass er etwas fallen ließ. Die Möpse hofften es bei jedem Teller. Doch alles lief glatt, nichts landete auf dem Boden.

Schließlich war nur noch ein Gast übrig. Mexi und seine Freunde gingen langsam und mit weichen Knien auf den finster dreinblickenden Schattenkaiser und seinen Berater zu. Von Nahem sahen die beiden richtig eklig aus. Und sie rochen giftig, als ob sie in verdorbener Milch gebadet hätten.

»Schämt ihr euch nicht, Kinder hier anzuschleppen?«, rief der feuerrote Salamander. »Kinder sind beim Friedensmahl verboten!«

»Kinder!« Der Schattenkaiser spie das Wort abfällig aus. »Ich hasse Kinder! Eure Kaulquappen sind hier als Gäste nicht willkommen, das habe ich euch schon einmal gesagt!«

»Die Kinder sind keine Gäste«, log Oma Zinkenzuck. Ihre Nase zuckte nervös. »Das sind ... äh ... Kinderarbeiter! Ein paar unserer Puffel haben Läuse, und ich habe kurzfristig Ersatz gebraucht.«

Der Salamander musterte die Kinder. »Kinderarbeiter also!« Sein Maul verzog sich zu einem breiten Grinsen. »Das gefällt mir! Auch wenn ich noch nie so ein flauschiges Echsenkind gesehen habe.« Er schaute Mexi spöttisch an.

»Dino ...!«, murmelte der so leise, dass es keiner hören konnte, und zog sich die Kapuze seines Onesies tiefer ins Gesicht.

»Typisch!«, schnaubte der Schattenkaiser verächtlich. »Alle sind hier immer sooo flauschig und sooo glücklich. Aber das wird sich bald ändern!« Er lachte böse.

Mexi hielt die Luft an, um nicht am Mundgeruch des Kaisers zu ersticken. Mit rasendem Herz und zitternden Händen platzierte er den Braten vorsichtig vor der Kröte auf dem Tisch und ging dann schnell ein paar

Schritte zurück zu Yuki und Fluffi. Simba setzte sich treu an seine Seite. Nur Nala blieb vor dem Schattenkaiser stehen. Voller Entsetzen beobachtete Mexi, wie sie ihre Hinterbeine anspannte, um der großen Kröte auf den Schoß zu springen und an das Futter zu kommen.

»Nala, nicht!«, rief er und pfiff nach ihr.

»Ist das Vieh hier eine Beilage?«, quäkte der Berater amüsiert. »Das würde uns sicher gefallen.«

»Meinst du, das Ding schmeckt?«, fragte der Kaiser nachdenklich, beugte seine gewaltige Leibesfülle nach vorn und streckte die Hand aus. Nala leckte sofort an seinen astdicken Fingern.

Die Anwesenden schnappten hörbar nach Luft. Der Kaiser riss die Pranke entsetzt zurück, und Nala machte einen ebenso entsetzten Hüpfer von ihm weg. Sie ließ die Zunge raushängen und rannte, so schnell sie ihre Beinchen trugen, zurück zur Vogeltränke. Dort schlabberte sie das gesamte Wasser aus. Der Kaiser schien wohl nicht sonderlich lecker zu schmecken.

»Der Hauptgang!«, rief Oma Zinkenzuck panisch, um die Lage wieder unter Kontrolle zu bringen. »Der Braten *von* den Menschen mit der einhundertjährigen Soße von den Puffeln!«

Nachdem sie das letzte Wort gesprochen hatte, erzitterte der Turm erneut. Die Gäste murmelten nervös durcheinander. Die meisten Gäste der Wahren Welt waren vor Sorge kreidebleich geworden oder grün angelaufen, einige flackerten durchscheinend. Es war ganz offensichtlich, dass sie diesen Gang nicht essen wollten. Sie wussten ja nichts von der Änderung im Rezept. Die Schattensoldaten hingegen stürzten sich mit Begeisterung auf den wohlduftenden Braten. Nur der Schattenkaiser stocherte zögerlich auf seinem Teller herum.

»Jetzt friss schon, du fette Kröte«, zischte Yuki mit zusammengebissenen Zähnen.

»Was war das?!«, keifte der Salamander in Richtung der Junghexe.

»Wir hoffen, dass der Hauptgang Ihrer Majestät, dem Schattenkaiser, mundet«, sagte Mexi eilig. »Der Braten von den Menschen ist ganz besonders lecker geworden!«

»Riecht nicht übel«, sagte der Schattenkaiser. »Aber seit wann leuchten Menschen denn?«

»Lasst mich erst probieren, Eure vollkommene Kaiserlichkeit«, begann der Vorkoster. »Wahrscheinlich haben sie sich ihren listigen Täuschungsversuch bis zum Schluss aufgehoben. Diese Kinder sind nur ein Ablenkungsmanöver, um ...«

»Schweig!«, schrie der Kaiser und blies zornig die Backen auf. »Ich will das Zeug da essen! Und zwar *jetzt* sofort! Also mach dich an die Arbeit, du dürrer Versager, und probiere mein Essen!«

Der Salamander erzitterte und verbeugte sich demütig bis fast auf die Oberfläche seines Beistelltischchens. »Natürlich, Eure Warzigkeit! Sofort, sofort!«

Er huschte mit einer spitzen Gabel bewaffnet über den großen Tisch zum Braten. Konzentriert stocherte er an einer Pilzscheibe herum.

»Seltsam ...«, sagte er und pflückte mit der Gabel vorsichtig ein Stück aus dem Pilzbraten. Die dickflüssige Zimtsoße schimmerte köstlich auf dem Bissen. »Der Braten sieht nicht nur anders aus, er fühlt sich auch anders an als sonst! Mir ist nicht wohl bei der Sache, Eure Großwarzigkeit. Der Braten könnte vergiftet sein ...«

Der Kaiser schenkte seinem Vorkoster ein diabolisches Lächeln. »Finden wir es doch einfach heraus!«, sagte er. »Dafür bist du doch da!« Dann drückte er dem Salamander die Gabel mit seiner Froschpranke in den Mund.

Fast hätte sich der überraschte Vorkoster an dem Bissen verschluckt, doch dann begann er vorsichtig darauf herumzukauen. Seine glubschigen schwarzen Augen wurden größer.

»Es ist ...«, begann er mit vollem Mund, »... Euer Kaiserlichkeit, dieses Gericht ...« Seine Kiefer mahlten schneller und immer schneller. »Es ist absolut widerlich«, schmatzte er wenig überzeugend. »Ihr solltet das auf gar keinen Fall essen.« Sein kleiner Körper sackte in sich zusammen und fiel vorneüber.

»Gift!«, brüllte der Kaiser. »Ihr wollt mich vergiften!«

»Ähem«, räusperte sich Mexi und zeigte auf den Salamander. »Ich glaube nicht.«

Der Vorkoster hing mit dem Kopf über dem Teller und schleckte die Soße mit seiner glibberigen Zunge auf. »Will es nicht essen«, zischelte er immer wieder. »Will es nicht mögen. Kann nicht aufhören. So ein feines Sößchen!«

»Runter von meinem Essen, du Kaulquappe!«, empörte sich der Kaiser und zog seinen Vorkoster am Salamanderschwanz vom Teller. Die kleine Kreatur versuchte noch, sich freizustrampeln und zurückzukriechen, doch der Griff der Krötenpranke ließ nicht locker.

Langsam kam der Vorkoster wieder zu Sinnen. Der glasige Ausdruck in seinen Augen verschwand, und er schüttelte sich, als wäre er gerade aus einem tiefen Mittagsschläfchen erwacht.

»Verzeiht, Euer Gnadenlosigkeit.« Er musste laut rülpsen. »Das Gericht ist nicht vergiftet.«

Mexi freute sich schon, doch da verfinsterte sich der Blick des Vorkosters wieder. »Nicht vergiftet, aber doch Betrug! Das ist *kein* Menschenbraten!« Es klang, als hätte er ein Todesurteil ausgesprochen.

Mexis Herz schlug bis zum Hals, doch er wagte sich trotzdem einen Schritt vor. »Natürlich nicht«, bestätigte er tapfer. »Es ist ein Braten *von* den Menschen. Nicht *aus* Menschen.«

»Was meinst du damit?«, zischelte der Vorkoster.

»Das Kristall von den Bergriesen ist nicht aus Bergriesen, richtig?«, begann Mexi.

Der Salamander überlegte. »Natürlich nicht ...«

»Und die Kekse von den Sandmännern sind auch nicht aus Sandmännern, oder?«

»Wieso sollten sie?!«, rief der Salamander ungeduldig. »Worauf willst du hinaus?«

»Der Algensalat von den Floppern ist nicht aus Floppern, die Soße von den Puffeln ist nicht aus Puffeln, warum sollte dann ausgerechnet der Braten von den Menschen aus Menschen bestehen?«, schloss Mexi triumphierend.

»Weil es *immer* so war!«, fauchte der Salamander.

Mexi schluckte. Er wusste nicht, was er dazu sagen sollte. Der Vorkoster konnte oder wollte nicht kapieren, was Mexi meinte. Für ihn schien nur zu zählen, dass alles so gemacht wurde wie früher.

»Und wenn das kein Menschenbraten ist ...«, sagte der Vorkoster und zischelte Mexi an. »Warum riecht es hier dann nach Mensch?«

»Tut es nicht!«, rief Oma Zinkenzuck am anderen Ende der Tafel und sprang von ihrem Stuhl auf. Ihre riesige Nase zuckte so stark, als hätte jemand fest dagegengeschnipst.

»Doch, tut es«, widersprach Mexi und setzte die Kapuze seines Onesies ab. »Weil ein Mensch hier ist.«

»Ein Mensch!«, quakte der Schatttenkaiser überrascht. »Warum liegt der nicht auf meinem Teller?!«

Die anwesenden Gäste flüsterten aufgebracht. Sie hatten nicht damit gerechnet, dass ein Mensch auf dem Friedensfest auftauchte – außer als Hauptgang natürlich. Die Hexenschwestern aus dem Flugpark krähten empört, als sie verstanden, dass sie keinen Großdrachen kennengelernt hatten.

Mexi nahm dem sprachlosen Vorkoster die Gabel weg und lief auf die Bratenplatte zu. »Also wenn Ihr meinen saftigen, in Butter geschmorten Pilzbraten mit Fluffis megaleckerer Puffel-Soße nicht probieren wollt, o dicklicher Froschkönig, dann werde ich ihn eben selbst essen!«

»Finger weg!«, rief der Kaiser entsetzt. Mexi konnte den heißen Atem der Kröte in seinem Gesicht spüren. »Das ist mein Braten!« Der Schattenkaiser hob das Tablett hoch und schob sich alle Pilzscheiben auf einmal in den Schlund. Er kaute und schmatzte. Dann rülpste er, dass das Geschirr auf dem Tisch zitterte.

»Das war gut ...«, murmelte er und leckte sich mit seiner dicken, langen Zunge über die Lippen und das rechte Auge. »Richtig, richtig gut.

Aber ... Menschenbraten war es nicht!« Er grinste fies. »Wegen deines dummen Fehlers, Menschenkind, habe ich mich sattgefressen *und* bekomme meinen Krieg! Endlich!«

Der Salamander und der Kaiser lachten schallend. Die Generäle sprangen auf und zückten jubelnd ihre Waffen. Der Turm erbebte. Hunderte Steine, groß und klein, sausten am Garten vorbei in die Luft.

Von den Fahrstühlen her erklang ein erschrockenes Fauchen. Buckel war zurückgekehrt und blickte entsetzt in die Nacht hinaus zu den fliegenden Mauerteilen.

»Ich wusste es!«, rief der Kater. »Wir müssen sofort ...«

»Der Friedensvertrag!« Yuki zeigte aufgeregt auf die Schriftrolle.

Mexi folgte ihrer Geste und sah hinauf zum Vertrag. Die letzte Zeile schimmerte noch immer blau, doch die Schrift flackerte!

»Seht euch das an!«, rief ein Gnom mit roter Pudelmütze und zeigte zum Himmel. Steine und Trümmerteile schwebten vom Sternenzelt herunter. Sie glitten langsam zurück in die Löcher und Fugen, aus denen sie herausgebrochen waren. Wie ein riesiges Puzzle setzten sich die Wände des Turms und die Grenzmauer wieder zusammen. Einen Moment später war alles an seinem Platz, als ob nie etwas geschehen wäre. Das blaue Leuchten der letzten Zeile des Vertrags erlosch.

»Der Friedensvertrag wurde erfüllt ...«, stotterte Oma Zinkenzuck, als ob sie es selbst noch nicht ganz glauben konnte. Dann rief sie laut: »Der Friedensvertrag wurde erfüllt! Hahaha!«

Die Gäste am Tisch hielt es nicht mehr auf ihren Plätzen. Tosender Applaus erfüllte die Halle. Beim Anblick der jubelnden Menge lief der Schattenkaiser rot an vor Wut. Er sprang vom Stuhl auf und warf krachend die lange Tafel um. Dann riss er sich das Lätzchen vom Hals, packte seinen Vorkoster am Kragen und schüttelte ihn durch. »Warum hast du zugelassen, dass ich den Braten esse!? Du nichtsnutziges Ungeziefer! Du Wurm!«

Mexi wurde von allen Seiten umringt. Man hob ihn hoch und warf ihn freudig in die Luft. Nala umrundete die Feiernden laut bellend, weil sie mitspielen wollte. Simba interessierte das weniger. Immerhin war gerade extra für ihn ein Festmahl vom Tisch auf den Boden befördert worden. Endlich bekam der Mops seinen verdienten Leuchtpilzbraten.

Als die jubelnde Menge Mexi wieder absetzte, war er ganz wacklig auf den Beinen. Alle Anspannung fiel von ihm ab. Sofort war Fluffi bei ihm und drückte ihn mit seinen Armen an sein Fell, so fest er konnte.

»Das war fantastisch, Mexi!«, rief Yuki und wuschelte ihm grinsend durch die Haare.

BONG. BONG. BONG.

Die Turmglocken donnerten. Oma Zinkenzuck hatte sie geläutet. Sofort wurde es still im Garten.

»Schattenkaiser!«, donnerte die alte Hexe in die Stille hinein. »Der Vertrag ist erfüllt. Verschwinde, und komm erst in einhundert Jahren wieder!«

Die Armee des Kaisers brüllte wütend. Sie klapperten mit ihren Waffen gegen ihre Schilde und stampften mit schweren Eisenstiefeln auf dem Boden auf. Auch wenn sie wussten, dass sie keine Wahl hatten, wollten sie die Niederlage nicht akzeptieren.

»Ihr habt mich reingelegt!«, fluchte der Schattenkaiser. »Das werdet ihr büßen!«

»Aber frühestens in hundert Jahren, Dickerchen«, höhnte Buckel. »Und jetzt Abmarsch!«

Unter wütendem Gepolter verließ die Armee des Schattenkaisers den Saal. Mit Sicherheit hätten sie gerne einen richtig beeindruckenden Abgang hingelegt, aber über die schmale Wendeltreppe, die Mexi und Yuki ja schon kannten, sowie die engen Fahrstühle kamen sie immer nur in kleinen Grüppchen aus dem Raum. Peinlich berührt standen die übrigen wartend vor den Aufzugschächten und konnten nur Däumchen drehen. Sie wurden dabei selbstverständlich von den beiden Möpsen bewacht, damit auch niemand von ihnen auf dumme Gedanken kam. Mexi vermutete allerdings, dass die Hunde es in Wirklichkeit auf die Knochen der Skelette abgesehen hatten.

»Junge!« Oma Zinkenzuck kam strahlend auf Mexi zu. »Du hast unsere Welten gerettet. Unsere und deine! Dank dir hat die fette Kröte für die nächsten hundert Jahre nichts mehr zu melden. Und unser Braten wird ab jetzt nur noch *von* Menschen zubereitet. Versprochen!«

»Ausgezeichnet, altehrwürdiger Mexi!«, hörte Mexi nun auch die Stimmen der drei Hexenschwestern. Kichernd drängelten sie sich durch die Menge zu ihnen herüber. »Du bist zwar kein Großdrache, aber hiermit ernennen wir Yuki und dich zu Ehrenhexen! Wer es schafft, dem Schattenreich so einen Streich zu spielen, *muss* eine Ehrenhexe werden.«

Graulinde drückte der verblüfften Yuki ihren Hexenbesen in die Hand. Blaugunde und Rothilde applaudierten.

»Gute Arbeit«, sagte der Geist mit dem Schnurrbart anerkennend und schwebte zu Mexi hinüber. »Jetzt, wo ihr Ehrenhexen seid, dürft ihr auch meinen Flugpark besuchen. Kostenlos natürlich.« Er klopfte vielsagend auf den Koffer, den er bei sich trug.

Zuletzt gesellte sich Buckel zu der Gruppe. Der Kater legte Mexi eine Pfote auf die Schulter und nickte anerkennend.

»Du hattest recht. Mit allem.« Buckel blickte auf den Boden. Er wirkte richtig zerknirscht. »Die Sache mit dem Krieg und dem Friedensmahl hat mich ganz kratzig und patzig gemacht. Und deshalb hätte ich fast einen unheimlich großen Fehler zugelassen.«

Oma Zinkenzuck kraulte Buckel sanft den Kopf. »Wir haben beide Fehler gemacht, Buckelchen.«

Mexi überlegte, was er sagen sollte. Dann reichte er dem Kater die Hand. »Frieden?«

Buckel lächelte dankbar und legte seine Pfote auf Mexis Hand. »Frieden, Dino-Junge.«

Yuki platzierte ihre Hand auf denen von Buckel und Mexi. Auch Fluffi legte seine Fingerchen obenauf.

»Auf den Frieden!«, rief die Junghexe.

»Dubbeldu!«, stimmte der Puffel mit ein. Und dann jubelten alle Gäste Mexi und seinen Freunden laut zu: »AUF DEN FRIEDEN!«

Oma Zinkenzuck schnäuzte sich in ein riesiges Taschentuch. Yuki legte ihren Arm um die Schultern ihrer kleinen Großmutter.

»Du bist süß, Omi«, flüsterte sie lächelnd.

»Quatsch, das ist nur meine Allergie!«, sagte die alte Hexe und wischte sich schniefend eine Träne aus dem Augenwinkel.

Mexi sah genau, dass ihre Nase bei diesem Satz zuckte.

Kurze Zeit später marschierten die Soldaten des Kaisers durch das dunkle Portal aus dem Turm hinaus. Zufrieden beobachteten Mexi und die anderen vom Festgarten aus, wie sich die Streitmacht des Kaisers in der öden Wüste ihres Reichs verlor. Der Schattenkaiser würde lange brauchen, bis er seine Wunden geleckt hatte. Locker an die einhundert Jahre.

»Wir haben es wirklich geschafft«, flüsterte Mexi. Er fühlte sich unendlich müde, aber erleichtert.

»Es ist Zeit, Junge«, sagte die alte Hexe Zinkenzuck. »Wir müssen zurück zur Pension, bevor sie wieder in deine Welt hinüberwechselt.«

»Aber was ist mit meinen Eltern?«, fragte er. »Kann ich jetzt endlich zu ihnen?«

»Sie müssen im Puffel-Licht bleiben, damit sie weiterschlafen«, erklärte die Hexe. »Aber wir bringen sie und ihr Zimmer mit einem Zauber zurück in die Pension. Wenn sie aufwachen, wird es für sie sein, als wäre nichts geschehen. Einfachstes Hexenhandwerk.«

»Kannst du uns diesmal wenigstens mitnehmen?«, fragte Buckel. »Dann müssen Fluffi und ich uns nicht wieder die Pfoten platt laufen.«

Der Puffel schüttelte energisch den Kopf. »Flubeldumm!«

»Was sagst du? Du willst Ferien nach hundert Jahren Soßerühren?«, übersetzte der Kater verwundert. »Heißt das, du kommst nicht mit?«

Fluffi nickte, winkte lächelnd in die Runde und schlenderte davon.

»Dieser seltsame Puffel ...«, sagte Buckel traurig und seufzte. »Ich glaube, ich werde ihn vermissen.«

»Also, seid ihr so weit?«, fragte Oma Zinkenzuck.

Mexi schaute sich nach seinen Hunden um. Der Großteil der Gäste hatte sich bereits auf den Weg gemacht, und so konnte er die zwei schnell ausmachen. Simba lag auf der weißen Tischdecke auf dem Rücken wie ein Käfer, neben sich ein angebissenes Stück Pilzbraten, und schnarchte. Sein Bauch war kugelrund, so viel hatte er gefressen. Nala war noch wach und lief von einem Putz-Puffel zum anderen, um Freundschaft zu schließen. Die Pelzwesen versuchten, das Durcheinander der umgeworfenen Tafel zu beseitigen, erschraken jedoch jedes Mal aufs Neue, wenn die kleine Hündin an ihrem Fell hochsprang.

Mexi nickte Oma Zinkenzuck zu. »Ich hole nur noch schnell die Hunde.«

»Warte«, sagte Yuki. »Ich habe eine Idee. Oma, wie wär's, wenn du dich mit Mexis Eltern, Buckel und den Möpsen schon mal zur Pension zauberst?«

Die Hexe runzelte ihre eh schon faltige Stirn. »Und wie kommt ihr zwei dann auf die Schlotterspitze?«

»Wir reisen so, wie es sich für echte Ehrenhexen gehört!«, verkündete Yuki stolz und grinste bis über beide Katzenohren.

Zurück nach Hause

»Wohoooooooooo«, rief Mexi begeistert. »Das wird mir zu Hause niemand glauben!«

Zusammen mit Yuki tauchte er durch die Wolken. Die Kapuze auf seinem Kopf und der Schwanz seines Onesies flatterten wild im Wind. Geschickt hielt die Junghexe den Besen im Gleichgewicht. Sie flog viel kontrollierter als noch im Hexenpark.

»Erzähl besser niemanden von deinem Besuch in der Wahren Welt!«, rief Yuki ihm über die Schulter zu.

»Warum nicht?«, wunderte sich Mexi.

»Du sparst dir Ärger«, sagte sie ernst. »Sie würden es dir eh nicht glauben. Für die ist das hier doch alles unglaublich!«

Yuki hatte natürlich recht, auch wenn Mexi fand, dass es schade war, das Abenteuer für sich behalten zu müssen. Aber er wollte sich weder für verrückt erklären lassen noch diese Welt leichtsinnig in Gefahr bringen. Daher schwor er sich, das Geheimnis zu hüten.

»Halt dich fest!«, rief Yuki.

Mexi klammerte sich an den Besen, und sie setzten zu einem Sturzflug in Richtung Erdboden an. Er erkannte die glitzernde blaue Schlucht sofort, auf die seine Freundin zusteuerte. Sie rauschte durch den kühlen Abgrund aus Eis, zog die Besenspitze abrupt nach oben und steuerte den Besen geschickt wieder aus der Schlucht. Lautlos glitten Mexi und Yuki über die Gletscherzunge der Eisfüchse hinweg, als drei fuchsförmige Wölkchen von links und rechts heranflitzten und um Yuki und Mexi herumwirbelten.

»Die Fuchskinder!«, rief Mexi und versuchte, eine der flauschigen Wolken zu streicheln, aber sie waren zu schnell.

Zu dritt flogen die Wolken nach oben, wo sie sich einer vierten, viel größeren Fuchswolke am Nachthimmel anschlossen. Die Königin! Es sah aus, als würde sie mit langen, grazilen Beinen schnell wie der Wind durch die Luft laufen. Begleitet von einem kühlen Windhauch, zischten die vier über Mexi und Yuki hinweg.

»Wohin die Füchse wohl wollen?«, fragte Mexi.

»Ich weiß es nicht«, antwortete Yuki. »Aber vielleicht finden wir es irgendwann heraus! Jetzt müssen wir uns erst mal beeilen. Um fünf Uhr wird Omas Pension aus dieser Welt verschwinden. Und du solltest besser da sein, wenn deine Eltern in der Menschenwelt aufwachen.«

Yuki lenkte den Besen in den Wald, den sie bereits auf ihrer Hinreise durchquert hatten. Einen Augenblick später hatten sie die Bäume hinter sich gelassen und flogen über die eingezäunte Ruinenstadt der Farblosen hinweg.

»Bis zum nächsten Mal!«, rief Mexi den seltsamen Kreaturen zu, die aus der Höhe wie eine nicht besonders kluge Schafherde aussahen. Stumm wankten sie über die zerfallenen Straßen und sammelten sich zu Dutzenden vor jedem noch so kleinen Hindernis.

Als Nächstes erreichten sie die großen Felder, in deren Mitte der Hexenflugpark gestanden hatte. Yuki flog so tief sie konnte, und die Halme des Getreides teilten sich unter ihrem Flugwind. Nur einen Augenblick später zischten die blauen Pilze des Leuchtewalds an ihnen vorbei. Ihre glitzernden Pollen brachten den Zimtgeruch zurück, den Mexi nun schon so gut kannte. Geschickt lenkte Yuki den Besen zwischen den Stängeln hindurch, bis sie aus dem Pilzwald heraus und am Fuß der Schlotterspitze angekommen waren.

Mexi blickte zur Bergspitze hinauf. Er konnte die Pension erkennen! Ihre Fenster waren hell erleuchtet. Oma Zinkenzuck war also schon mit seinen Eltern vor Ort. Yuki flog so dicht über den schmalen Weg am Berghang, dass unter ihnen der Staub aufwirbelte. Ohne abzubremsen, raste sie in den steinernen Schacht hinein und im rechten Winkel die Wendeltreppe nach oben. Mexi umklammerte den Stiel so fest er konnte, damit er nicht hinunterfiel.

»RAAAAHHHHH!«, schrie er panisch.

»WOHOOOO!«, jubelte Yuki begeistert.

Mexi wurde so schwindlig, dass er für einen kurzen Moment die Augen schließen musste. Als er sie wieder öffnete, war er sich sicher, dass sie am oberen Ende der Treppe eine heftige Bruchlandung hinlegen würden. Ja, ganz bestimmt sogar würden sie mit Vollgas direkt gegen die Steindecke krachen!

»Abrakastopp!«, rief Yuki, und der Besen kam wie von Zauberhand auf dem letzten Treppenabsatz zum Stehen und schwebte mit Mexi und der Junghexe sanft vor den Eingang zur Pension.

Mexi stieg taumelnd ab und war heilfroh, wieder festen Boden unter den Füßen zu spüren. Die letzten Meter ihres Weges hatten es wirklich in sich gehabt.

»Krasser Ritt, oder?«, fragte Yuki stolz. Sie war schon vorausgegangen und stand vor dem blauen Feuer des Kamins, der in das seltsame Hotel ihrer Großmutter führte.

»Abrakastopp?!«, keuchte Mexi. »Sag nicht, das hast du dir gerade ausgedacht!«

»Ich bin doch nicht lebensmüde«, erwiderte Yuki entspannt. »Bevor die Hexenschwestern nach Hause geflogen sind, haben sie mir verraten, wie man anhält.«

Mexi schaute durch das flackernde Blau der Flammen. Er konnte den blitzsauberen und luxuriös eingerichteten Eingangsbereich der Pension erkennen. Ihm wurde ganz schwer ums Herz.

»Kommst du auch mit rein?«, fragte er Yuki. Er wollte seine Eltern zwar so schnell wie möglich wiedersehen, aber er hatte keine Lust, sich jetzt schon von der Junghexe zu verabschieden.

Yuki seufzte. »Nee, ich muss morgen zur Hexenschule. Ist immer so in den Sommerferien. Aber bald habe ich zum Glück meinen Abschluss.« Sie zwinkerte ihm zu.

Es war also doch ein Abschied. Mexi wusste nicht genau, was er sagen sollte. Er war unheimlich froh, eine neue Freundin gefunden zu haben. Und dann war sie sogar eine waschechte Hexe! Es fiel ihm schwer, Lebewohl zu sagen.

»Schade«, sagte er. »In der Menschenwelt könnte ich eine Freundin wie dich gut brauchen.«

Yuki nahm das Armband mit dem Sternenanhänger ab und band es um Mexis Handgelenk. »Ich kann auch einen Mexi brauchen.« Sie lächelte Mexi an. »Vergiss nicht, ich bin in beiden Welten zu Hause.«

Aus der Pension erklang das Läuten der großen Standuhr.

BONG.

Es war so weit.

BONG.

»Danke für deine Hilfe, Yuki!«

BONG.

Mexi winkte.

BONG.

»Wir sehen uns, Mexi!« Yuki machte einen flinken Schritt auf ihn zu und schubste ihn durch die blauen, kalten Flammen zurück in die Pension. Mit dem fünften und letzten *BONG* der Standuhr verschwand sie vor Mexis Augen. Die ganze Pension erzitterte, das magische Feuer schrumpfte mit dem Kamin zusammen und wurde mit einem Mal gelb und lodernd heiß. Das Portal in die Wahre Welt hatte sich geschlossen.

Der überrumpelte Mexi wandte seinen Blick von den tanzenden Flammen ab. Durch die schiefen, schmutzigen Fenster von Oma Zinkenzucks Pension fielen zaghaft die ersten Sonnenstrahlen. Der Raum sah wieder genauso heruntergekommen aus wie am Tag zuvor, als er mit seinen Eltern hier angekommen war.

»Mama, Papa ...«, flüsterte Mexi. Waren sie wirklich zurück? Hatte Oma Zinkenzuck ihr Versprechen eingehalten? Und was war mit Simba und Nala?

Eine Holzstufe knarzte. Jemand kam die Treppe herunter.

»Mexi, bist du das?«, hörte er seinen Vater verschlafen fragen.

Es waren seine Eltern! Hinter ihnen kamen Simba und Nala hechelnd die Treppe herab. Nala wirkte trotz ihres Abenteuers unglaublicherweise noch immer putzmunter. Es war Mexi ein Rätsel, woher dieser kleine Hund so viel Energie nahm. Meistens war er nach einem langen Spaziergang schon total erschöpft, während Nala noch drei Stunden spielen wollte. Simba hingegen trottete sehr müde hinterher. Er hatte ganz eindeutig zu viel Pilzbraten gefressen. Mexi fragte sich, ob sein Geschäft beim nächsten Gassigehen womöglich leuchten würde? Um kein Risiko einzugehen und seine Eltern nicht zu beunruhigen, würde er wohl besser erst mal selbst mit den Hunden spazieren gehen.

»Was treibst du denn schon um fünf Uhr früh hier unten?«, wollte seine Mutter wissen. »Die Hunde haben uns geweckt ... Hast du die heute Nacht in unser Zimmer gebracht?«

Mexi stürmte auf sie zu und umarmte die beiden so fest er konnte.

»Alles in Ordnung, du Frühaufsteher?« Sein Vater lachte verwundert

und wuschelte Mexi die Kapuze vom Kopf. »Du bist ja ganz staubig und verschwitzt. Warst du schon draußen?«

»Alles bestens ...«, sagte Mexi und blickte seine Eltern an, als hätte er sie wochenlang nicht gesehen. »Ich ... ich konnte einfach nicht mehr schlafen. War joggen.«

»Kein Wunder!«, sagte Mexis Vater und blinzelte Richtung Fenster. »Wie hell es morgens im Sommer schon ist ...«

»Also ich habe bestens geschlafen!« Mexis Mama streckte sich. »Wie ein Baby. Das ist das Schöne am Urlaub. In so einer urigen Pension passiert absolut *nichts* Spannendes. Entspannung pur!«

Mexi musste sich ein Lachen verkneifen. *Wenn ihr wüsstet*, grinste er in sich hinein.

Die Hintertür der Pension schwang plötzlich nach innen, als hätte der Wind sie aufgedrückt. Ein köstlicher Duft wehte zu Mexi und seiner Familie herüber. Angelockt vom Essensgeruch, liefen die Hunde gleich nach draußen. Nala vorneweg und Simba etwas langsamer hinterher. Mexi und seine Eltern folgten ihnen.

Im Garten der Pension stand ein reich gedeckter Frühstückstisch mit knusprigem Toast, verschiedenen Marmeladen, Kakao, Fruchtsäften, Käse, Wurst, Brötchen und Croissants, frischem Obst, Vanillepudding und einer riesigen Kanne Kaffee. Für Simba und Nala standen zwei Sorten Hundefutter und jeweils ein Wasserschüsselchen bereit. Nala begann sofort zu futtern, während Simba neugierig zum Tisch hochschielte. Das Menschenessen war wie immer spannender. Dass er sein eigenes Futter aber so gar nicht anrührte, wunderte Mexis Eltern schon ein wenig.

»Ist der Hund krank?«, überlegte Mexis Mutter und kniete sich zu dem Mops, um ihn zu streicheln.

»Äh ... Dem fehlt nichts!«, wiegelte Mexi eilig ab. »Ich gehe nach dem Frühstück mit den beiden spazieren, Simba braucht sicher nur etwas Bewegung.«

Simba jaulte und gähnte. Bewegung war nach der letzten Nacht wohl das absolut Letzte, was der Mops wollte.

Oma Zinkenzuck wartete neben der reich gedeckten Tafel. Sie trug wieder ihren gelben Jogginganzug und sah etwas weniger schaurig und hexig aus als vorhin in der Wahren Welt. Ihre Nase war fast normal groß. Fast. Sie hielt ein Tablett mit einer Servierglocke in ihren faltigen Händen.

»Guten Morgen!«, begrüßte sie die Familie. »Ich habe mir schon gedacht, dass Sie Frühaufsteher sind. Und Gäste, die früh aufstehen, haben meistens auch jede Menge Appetit!«

»Sie sind ja ein Schatz!«, freute sich Mexis Mama. »Das duftet alles wundervoll.«

»Wie sagt man so schön: Frühstück ist die wichtigste Mahlzeit des Tages, was, Mexi?«, sagte Mexis Papa ausgelassen und rieb sich den Bauch. »Ich habe einen Bärenhunger!«

Seine Eltern setzten sich an den Tisch und gossen sich Kaffee ein. Mexi aber zögerte beim Anblick der Servierglocke.

»Äh ... und was ist da drunter, Frau Zinkenzuck?« Er befürchtete schon wieder eine seltsame Überraschung.

Oma Zinkenzuck schenkte ihm ein breites Grinsen. »Nichts Besonderes! Das mache ich für alle meine Gäste!«

Ihre Nase zuckte verdächtig. Mexi warf ihr einen ernsten Blick zu.

»Na gut, vielleicht ist es *doch* etwas Besonderes«, sagte sie mit einem Augenzwinkern. »Aber das habe ich dir ja auch versprochen.«

Sie hob die Glocke vom Tablett. Darunter kam eine große Portion herrlich weichen Rühreis zum Vorschein, garniert mit einer goldenen Soße, die leicht nach Zimt duftete.

Der nächste Tag in der Pension verlief genau so, wie Mexis Eltern es sich vorgestellt hatten: superentspannend und ultralangweilig. Das Internet funktionierte noch immer nicht. Oma Zinkenzuck war so nett, seinen Onesie an der Stelle zu flicken, die bei den Farblosen eingerissen war. Aber darüber hinaus legte sie immer nur einen Finger auf die Lippen und lächelte verschwörerisch, wenn er etwas zu ihrer Welt wissen wollte.

Der Höhepunkt ihres Aufenthalts, abgesehen von Oma Zinkenzucks Kochkünsten, war ein Waldspaziergang, bei dem Nala zwei Eichhörnchen auf einen Baum jagte. Nach Mexis Besuch in der Wahren Welt und seinem Abenteuer mit Yuki sehnte er sich nach mehr. Mehr Magie, mehr Action und mehr von dieser seltsamen Welt, die er mit jeder Minute mehr vermisste. Genau wie seine neuen Freunde. Vor allem Yuki.

In der zweiten Nacht stahl sich Mexi deshalb um Mitternacht leise aus seinem Zimmer und schlich durch die Flure der Pension. »An ungeraden Tagen«, hatte es doch auf dem Schild geheißen. Doch zu seinem Bedauern blieb alles, wie es war. Langweilig, muffig und heruntergekommen. Er schlich weiter ins Foyer und zum Kamin, der so klein war wie immer. Das Feuer war ausgegangen.

»Mist«, flüsterte er.

»Tja«, antwortete eine Stimme.

Mexi stieß vor Schreck einen spitzen Schrei aus. Die altmodische Stehlampe in der Ecke leuchtete auf und enthüllte Oma Zinkenzuck, die in dem alten Ohrensessel saß. Auf ihrem Schoß lag Buckel, der ein ganz normaler Kater war. Das Licht musste ihn geweckt haben, denn er streckte sich und funkelte Mexi mit seinen unterschiedlich farbigen Augen an. Sein Schwanz zuckte.

»Ich dachte mir schon, dass du es versuchen würdest«, sagte die alte Frau milde lächelnd. »Aber ich hoffe, du verstehst, warum das nicht möglich ist.«

»Ach, menno.« Mexi verzog enttäuscht das Gesicht und stiefelte zurück in sein Zimmer.

Natürlich versuchte er es in der kommenden Nacht erneut. Ebenso in der folgenden, die wieder ein ungerades Datum hatte. Er hockte sich in den Sessel vor dem Kamin und starrte in die Flammen, bis seine Sicht verschwamm. Jedoch ohne Erfolg. Manchmal meinte er ein blaues Knistern im Feuer zu sehen, doch dann verpuffte es wieder so schnell, wie es gekommen war. Das Portal in die Wahre Welt blieb verschlossen.

Yukis Band an seinem Handgelenk blieb als einziger Beweis, dass er sich die Abenteuer der ersten Nacht nicht bloß eingebildet hatte. Gedankenverloren spielte er mit dem sternförmigen Änhänger. Er war traurig darüber, dass ihre Abreise morgen bevorstand und er nichts mehr von ihr gehört hatte. Und er war hundemüde, weil er seit vier Nächten kaum geschlafen hatte. Widerwillig gab er sich schließlich geschlagen, ging in sein Zimmer, versuchte es sich auf der schrecklich harten Matratze mit den Hunden gemütlich zu machen und legte sich schlafen.

Als seine Eltern ihn viel zu früh am nächsten Morgen weckten, weil sein Vater – wie immer – nicht in den Stau kommen wollte, hatte er gerade einmal drei Stunden geschlafen. Mürrisch trottete er hinter ihnen her zur Rezeption. Frau Zinkenzuck erwartete sie bereits mit Lunchpaketen und ihrem gütigen, faltigen Lächeln.

»Ich hoffe, Sie kommen wieder«, verabschiedete sie die Familie, die voll beladen mit viel zu vielen Koffern den Hügel hinunterstolperte.

Mexi ließ sich auf die Rückbank fallen und versuchte erst gar nicht, die Hunde abzuwehren, die über ihn drüberkletterten, um aus dem Fenster zu schauen. Was im Lunchpaket war, interessierte seinen immer hungrigen Magen allerdings schon. Er öffnete die braune Papiertüte und sog den Duft von Oma Zinkenzucks legendärem Frühstück ein. Ganz oben aber lag etwas, das ihn für einen kurzen Moment sehr wach werden ließ. Es war eine Serviette wie die, die in Oma Zinkenzucks Büro im Grenzturm überall herumgelegen hatten. Darauf gekritzelt standen einige Zahlen und ein einzelner Buchstabe. Y.

Sofort speicherte er die Nummer in seinem Handy ein, doch es dauerte noch eine gefühlte Ewigkeit, bis sie endlich aus dem Funkloch raus waren und Mexi wieder Netz hatte. Er hätte diesen Zeitpunkt vielleicht sogar verschlafen, wenn sein Handy nicht mit einem Mal angefangen hätte, wie wild zu vibrieren. Es waren Nachrichten von Furdis mit allerhand Updates darüber, was er die letzten Tage verpasst hatte. Die letzte Nachricht ließ Mexi laut auflachen.

»Du wirst es nicht glauben«, schrieb sein bester Freund, »aber meine Mutter hat auch so eine E-Mail bekommen wie deine. Und jetzt wollen meine Eltern in diese schreckliche Pension! Du musst mich retten, Mexi!«

Kichernd schrieb Mexi eine Entwarnung zurück. »Alles gut, Fufu. Es ist zwar langweilig, aber das Essen ist der Hammer.«

Dann öffnete er einen neuen Chat. Er überlegte hin und her, was er schreiben sollte. Was sagte man jemandem, mit dem man zwei Welten und die eigenen Eltern gerettet hatte? Mexi strahlte von einer Seite der Onesie-Kapuze bis zur anderen, als ihm die richtigen Worte einfielen: »Das war *unglaublich*, Yuki!!!«

ENDE